El hombre es un gran faisán en el mundo

Herta Müller (Nitzkydorf, 1953), descendiente de suabos emigrados a Rumanía, es uno de los valores más sólidos de la literatura rumana en lengua alemana. Obligada a salir del país por su relevante papel en la denuncia de la corrupción, la intolerancia y la opresión de la dictadura de Ceausescu, vive en Berlín desde 1987. Herta Müller ha obtenido numerosos premios por sus libros y ensayos. Destaca el Premio Nobel de Literatura 2009, que reconoce especialmente su capacidad para describir «el paisaje de los desposeídos». Es miembro de la Academia Alemana de Lengua y Literatura. Sus obras han sido traducidas a 21 idiomas y reflejan la opresión y sus consecuencias en las personas, así como la situación de los exiliados como ella misma.

HERTA MÜLLER

*El hombre es un gran
faisán en el mundo*

Traducción de Juan José Solar

punto de lectura

Título original: *der Mensch ist ein großer Fasan auf der Welt*

© Europäische Verlagsanstalt GMBH & Co KG by Aufbau Media GMBH

© De la 1ª edición en lengua española, Ediciones Siruela, S.A., 1992, 2007

© Traducción: Juan José Solar

© De esta edición:

2009, Santillana Ediciones Generales, S.L.

Torrelaguna, 60. 28043 Madrid (España)

Teléfono 91 744 90 60

www.puntodelectura.com

ISBN: 978-84-663-2470-0

Depósito legal: B-44.043-2009

Impreso en España – Printed in Spain

© Imagen de cubierta: Kamil Vojnar/Trevillion Images

Primera edición: diciembre 2009

Impreso por Litografía Rosés, S.A.

Índice

La hendidura palpebral entre Este y Oeste
muestra el blanco del ojo.
La pupila no puede verse.

Ingeborg Bachmann

El bache

En torno al monumento a los caídos han crecido rosas. Forman un matorral tan espeso que asfixian la hierba. Son flores blancas y menudas, enrolladas como papel. Y crujen. Está amaneciendo. Pronto será de día.

Cada mañana, cuando recorre en solitario la carretera que lleva al molino, Windisch cuenta qué día es. Frente al monumento a los caídos cuenta los años. Detrás de él, junto al primer álamo donde su bicicleta cae siempre en el mismo bache, cuenta los días. Por la tarde, cuando cierra el molino, Windisch vuelve a contar los días y los años.

Ve de lejos las pequeñas rosas blancas, el monumento a los caídos y el álamo. Y los días de niebla tiene el blanco de las rosas y el blanco de la piedra muy pegados a él cuando pasa pedaleando por en medio. La cara se le humedece y él pedalea hasta llegar. Dos veces se quedó en pura espina el matorral de rosas, y la mala hierba, debajo, parecía aherrumbrada. Dos veces se quedó el álamo tan pelado que su madera estuvo a punto de resquebrajarse. Dos veces hubo nieve en los caminos.

Windisch cuenta dos años frente al monumento a los caídos, y doscientos veintiún días en el bache, junto al álamo.

Cada día, al ser remecido por el bache, Windisch piensa: «El final está aquí». Desde que se propuso emigrar ve el final en todos los rincones del pueblo. Y el tiempo detenido para los que quieren quedarse. Y Windisch ve que el guardián nocturno se quedará ahí hasta más allá del final.

Y tras haber contado doscientos veintiún días y ser remecido por el bache, Windisch se apea por primera vez. Apoya la bicicleta contra el álamo. Sus pasos resuenan. Del jardín de la iglesia alzan el vuelo unas palomas silvestres. Son grises como la luz. Sólo el ruido permite diferenciarlas.

Windisch se santigua. El picaporte está húmedo. Se le pega en la mano. La puerta de la iglesia está cerrada con llave. San Antonio está al otro lado de la pared. Tiene un lirio blanco y un libro marrón en la mano. Lo han encerrado.

Windisch siente frío. Mira a lo lejos. Donde acaba la carretera, las olas de hierba se quiebran sobre el pueblo. Allí al final camina un hombre.

El hombre es un hilo negro que se interna entre las plantas. Las olas de hierba lo levantan por encima del suelo.

La rana de tierra

El molino ha enmudecido. Las paredes y el tejado han enmudecido. Y las ruedas también. Windisch ha pulsado el interruptor y apagado la luz. Ya es de noche entre las ruedas. El aire oscuro ha devorado el polvo de harina, las moscas, los sacos.

El guardián nocturno duerme sentado en el banco del molino. Tiene la boca abierta. Debajo del banco brillan los ojos de su perro.

Windisch carga el saco con las manos y con las rodillas. Lo apoya contra la pared del molino. El perro lo mira y bosteza. Sus blancos colmillos son una dentellada.

La llave gira en la cerradura de la puerta del molino. La cerradura hace un clic entre los dedos de Windisch. Windisch cuenta. Oye latir sus sienes y piensa: «Mi cabeza es un reloj». Se guarda la llave en el bolsillo. El perro ladra. «Le daré cuerda hasta que el resorte reviente», dice Windisch en voz alta.

El guardián nocturno se cala el sombrero en la frente. Abre los ojos y bosteza. «Soldado en guardia», dice.

Windisch se dirige al estanque del molino. En la orilla hay un almiar. Es una mancha oscura sobre la superficie del estanque y se hunde en el agua como un embudo. Windisch saca su bicicleta de entre la paja.

«Hay una rata entre la paja», dice el guardián nocturno. Windisch quita las briznas de paja del sillín y las tira al agua. «La he visto», dice, «ha saltado al agua». Las briznas flotan como cabellos, formando pequeños remolinos. El embudo oscuro también flota. Windisch contempla su imagen ondulante.

El guardián nocturno da un puntapié al perro en la barriga. El perro lanza un aullido. Windisch mira el embudo y oye el aullido bajo el agua. «Las noches son largas», dice el guardián nocturno. Windisch se aleja un paso de la orilla. Contempla la imagen inmutable del almiar, apartada de la orilla. No se mueve. No tiene nada que ver con el embudo. Es clara. Más clara que la noche.

El periódico cruje. El guardián nocturno dice: «Tengo el estómago vacío». Saca un poco de pan y tocino. El cuchillo refulge en su mano. Empieza a masticar. Con el filo se rasca la muñeca.

Windisch empuja su bicicleta unos pasos. Mira la luna. El guardián nocturno dice en voz baja y mascando: «El hombre es un gran faisán en el mundo». Windisch levanta el saco y lo acomoda en la bicicleta. «El hombre es fuerte», dice, «más fuerte que las bestias».

Una punta del periódico se ha desgajado. El viento tironea de ella como una mano. El guardián nocturno pone el cuchillo en el banco. «He dormido un poquito», dice. Windisch está inclinado sobre su bicicleta. Levanta la cabeza. «Y yo te he despertado», dice. «Tú no», dice el guardián nocturno, «mi mujer me ha despertado». Y se sacude las migajas del chaleco. «Sabía que no podría dormirme», dice. «La luna está enorme. Soñé con la rana seca. Estaba agotado. Y no podía irme a dormir. La rana de tierra estaba en mi cama. Me puse a hablar con mi mujer y la rana me miró con los ojos de mi mujer. Tenía la trenza de mi mujer. Llevaba puesto su camisón, remangado hasta el vientre. Le dije: "Tápate, que tienes los muslos secos". Eso le dije a mi mujer. La rana de tierra se cubrió los muslos con el camisón. Yo me senté en la silla, junto a la cama. La rana de tierra sonrió con la boca de mi mujer. "Esa silla rechina", dijo. La silla no rechinaba. La rana de tierra se soltó la trenza de mi mujer sobre el hombro. Era tan larga como su camisón. Le dije: "Te ha crecido el pelo". Y la rana de tierra alzó la cabeza y gritó: "Estás borracho, te vas a caer de la silla".»

La luna tiene una mancha de nubes rojas. Windisch está apoyado contra la pared del molino. «El hombre es tonto», dice el guardián nocturno, «y siempre está dispuesto a perdonar».

El perro devora una corteza de tocino. «Le he perdonado todo», dice el guardián nocturno. «Le perdoné lo del panadero. Y el tratamiento que se hizo en la ciudad.» Desliza la punta de su dedo por la hoja del cuchillo. «Y me convertí en el hazmerreír de todo el pueblo.» Windisch suspira. «Ya no podía mirarla a los ojos», dice el guardián nocturno. «Lo único que no le he perdonado es que se muriera tan rápido, como si no hubiera tenido a nadie.»

«Sabe Dios para qué existirán las mujeres», dice Windisch. El guardián nocturno se encoge de hombros: «No para nosotros», dice. «Ni para mí, ni para ti. No sé para quién.» Y acaricia al perro. «Y nuestras hijas», dice Windisch, «sabe Dios, algún día también serán mujeres».

Sobre la bicicleta hay una sombra, y otra sobre la hierba. «Mi hija», dice Windisch, «mi Amalie ya tampoco es virgen». El guardián nocturno mira la mancha de nubes rojas. «Mi hija tiene las pantorrillas como sandías», dice Windisch. «Tú lo has dicho: ya no puedo mirarla a los ojos. Tiene una sombra en los ojos.» El perro gira la cabeza. «Los ojos mienten», dice el guardián nocturno, «pero las pantorrillas no». Y separa los pies. «Mira cómo camina tu hija», dice, «si separa las puntas de los pies al caminar, es que ha pasado algo». El guardián nocturno hace girar su sombrero en la mano. El perro lo mira, tumbado apaciblemente. Windisch calla. «Hay rocío, la harina se humedecerá», dice el guardián nocturno, «y al alcalde no le hará ninguna gracia».

Sobre el estanque vuela un pájaro. Lentamente y sin desviarse, como siguiendo un cordel. Casi rozando el agua, como si fuera tierra. Windisch lo sigue con la mirada. «Como un gato», dice. «Una lechuza», dice el guardián nocturno. Y se lleva la mano a la boca. «Hace ya tres noches que veo luz en casa de la vieja Kroner.» Windisch empuja su bicicleta. «No puede morirse», dice, «la lechuza aún no se ha posado en ningún techo».

Windisch camina entre la hierba y contempla la luna. «Te lo digo yo, Windisch», exclama el guardián nocturno, «las mujeres engañan».

La aguja

Aún hay luz en casa del carpintero. Windisch se detiene. El cristal de la ventana reluce. Refleja la calle. Refleja los árboles. La imagen atraviesa la cortina. Penetra en la habitación por entre los ramilletes de encaje. Junto a la estufa de azulejos hay una tapa de ataúd apoyada en la pared. Aguarda la muerte de la vieja Kroner. Su nombre está escrito sobre ella. Pese a los muebles, la habitación parece vacía entre tanta claridad.

El carpintero está sentado en una silla de espaldas a la mesa. Su mujer, de pie ante él, se ha puesto un camisón de dormir a rayas. Tiene una aguja en la mano. De la aguja cuelga un hilo gris. El carpintero tiene el dedo índice estirado hacia ella. Con la punta de la aguja, su mujer le quita una astilla de la carne. El dedo sangra. El carpintero lo contrae. La mujer deja caer la aguja. Baja los párpados y ríe. El carpintero le mete la mano bajo el camisón. Se lo levanta. Las rayas se enroscan. El carpintero recorre los senos de su mujer con el dedo sangrante. Los senos son grandes. Tiemblan. El hilo gris cuelga en la pata de la silla. La aguja se balancea con la punta hacia abajo.

Junto a la tapa del ataúd está la cama. La almohada es de damasco, con lunares grandes y pequeños. La cama está tendida. La sábana es blanca, y el cubrecama también.

La lechuza pasa volando ante la ventana. Con un largo aletazo recorre el cristal. Su vuelo es crispado. Bajo la luz oblicua, la lechuza se duplica.

Inclinada, la mujer va de un lado a otro ante la mesa. El carpintero le mete la mano entre las piernas. La mujer mira la aguja que cuelga. La coge. El hilo se balancea. La mujer deja resbalar su mano por el cuerpo. Cierra los ojos. Abre la boca. El carpintero la lleva a la cama cogida por la muñeca. Tira sus pantalones sobre la silla. El calzoncillo parece un remiendo blanco entre las perneras. La mujer alza los muslos y dobla las rodillas. Su vientre es de pasta. Sus piernas forman una especie de bastidor blanco sobre la sábana.

Encima de la cabecera cuelga una foto en un marco negro. La madre del carpintero apoya su pañuelo de cabeza contra el ala del sombrero de su esposo. En el cristal hay una mancha. Sobre la barbilla de la madre, que sonríe desde la foto. Sonríe ya próxima a la muerte. A un año escaso. Sonríe hacia una habitación situada pared por medio.

La rueda del pozo gira porque la luna es enorme y bebe agua. Porque el viento se enreda entre sus rayos. El saco está húmedo. Cuelga sobre la rueda trasera como un cuerpo dormido. «Como un muerto cuelga detrás de mí este saco», piensa Windisch.

Windisch siente su sexo tieso y contumaz pegado al muslo.

«La madre del carpintero se ha enfriado», piensa Windisch.

La dalia blanca

En plena canícula de agosto, la madre del carpintero bajó una sandía al pozo con el cubo. El pozo hacía olas en torno al cubo. El agua gorgoteaba en torno a la cáscara verde. El agua enfrió la sandía.

La madre del carpintero salió al jardín con el cuchillo grande. El sendero del jardín era una acequia. La lechuga había crecido. Tenía las hojas pegadas por la leche blancuzca que se forma en los cogollos. La madre del carpintero bajó por la acequia con el cuchillo. Allí donde empieza la valla y termina el jardín, florecía una dalia blanca. La dalia le llegaba al hombro. La madre del carpintero se pasó un buen rato oliendo los pétalos blancos. Inhalando el perfume de la dalia. Luego se frotó la frente y miró el patio.

La madre del carpintero cortó la dalia blanca con el cuchillo grande. «La sandía fue un simple pretexto», dijo el carpintero después del entierro. «La dalia fue su hado fatal.» Y la vecina del carpintero dijo: «La dalia fue una visión».

«Como este verano ha sido tan seco», dijo la mujer del carpintero, «la dalia se llenó de pétalos blancos y enrollados. Floreció hasta alcanzar un tamaño nada común para una dalia. Y como no ha soplado viento este verano, no se deshojó. La dalia ya llevaba tiempo muerta, pero no podía marchitarse».

«Eso no se aguanta», dijo el carpintero, «no hay quien aguante algo así».

Nadie sabe qué hizo la madre del carpintero con la dalia que había cortado. No se la llevó a su casa. Ni la puso en su habitación. Ni la dejó en el jardín.

«Llegó del jardín con el cuchillo grande en la mano», dijo el carpintero. «Había algo de la dalia en sus ojos. El blanco de los ojos se le había secado.»

«Puede ser», dijo el carpintero, «que mientras esperaba la sandía hubiese deshojado la dalia. En su mano, sin dejar caer un solo pétalo a tierra. Como si el jardín fuera una habitación».

«Creo», dijo el carpintero, «que cavó un hoyo en la tierra con el cuchillo grande y enterró ahí la dalia».

La madre del carpintero sacó el cubo del pozo ya al caer la tarde. Llevó la sandía a la mesa de la cocina. Con la punta del cuchillo perforó la cáscara verde. Luego giró el brazo describiendo un círculo con el cuchillo grande y cortó la sandía por la mitad. La sandía crujió. Fue un estertor. Había estado viva en el pozo y sobre la mesa de la cocina, hasta que sus dos mitades se separaron.

La madre del carpintero abrió los ojos, pero como los tenía igual de secos que la dalia, no se le abrieron mucho. El zumo goteaba de la hoja del cuchillo. Sus ojos pequeños y llenos de odio miraron la pulpa roja. Las pepitas negras se encabalgaban unas sobre otras como los dientes de un peine.

La madre del carpintero no cortó la sandía en rodajas. Puso las dos mitades delante de ella, y con la punta del cuchillo fue horadando la pulpa roja. «En mi vida había visto tanta avidez en un par de ojos», dijo el carpintero.

El líquido rojo empezó a gotear en la mesa de la cocina. Le goteaba a ella por las comisuras de los labios. Las gotas le chorreaban por los codos. El líquido rojo de la sandía se fue pegando al suelo.

«Mi madre nunca había tenido los dientes tan blancos y fríos», dijo el carpintero. «Mientras comía me dijo: "No me mires así, no me mires la boca". Y escupía las pepitas negras sobre la mesa.»

«Yo desvié la mirada. No me fui de la cocina. La sandía me daba miedo», dijo el carpintero. «Luego miré por la ventana. Por la calle pasó un desconocido. Caminaba deprisa, hablando consigo mismo. Detrás de mí, oía a mi madre perforar la pulpa con el cuchillo. La oía masticar. Y deglutir. "Mamá", le dije sin mirarla, "deja ya de comer".»

La madre del carpintero levantó la mano. «Empezó a gritar y yo la miré porque gritaba muy fuerte», dijo el carpintero. «Me amenazó con el cuchillo. "Esto no es un verano y tú no eres un hombre", chilló. "Siento una presión en la frente. Me arden las tripas. Este verano despide el fuego de todos los años. Sólo la sandía me refresca".»

La máquina de coser

El empedrado es desigual y estrecho. La lechuza ulula detrás de los árboles. Anda buscando un tejado. Las casas, blancas, están veteadas de cal.

Windisch siente su sexo contumaz bajo el ombligo. El viento golpea la madera. Está cosiendo. El viento está cosiendo un saco en la tierra.

Windisch oye la voz de su mujer que dice: «Monstruo». Cada noche, cuando él se vuelve y le lanza su aliento en la cama, ella le dice: «Monstruo». Hace dos años que su vientre no tiene útero. «El médico lo ha prohibido», dice ella, «y no me dejaré romper la vejiga sólo por darte gusto».

Al oírla, Windisch siente la cólera fría de su mujer entre su cara y la de ella. Su mujer lo coge por el hombro. A veces tarda un rato en encontrárselo. Cuando se lo encuentra, le dice a Windisch al oído, en medio de la oscuridad: «Ya podrías ser abuelo. No está el horno para bollos».

Una noche del verano anterior volvía Windisch a casa con dos sacos de harina. Llamó a una ventana. El alcalde lo iluminó con su linterna a través de la cortina. «¿Por qué llamas tanto?», le preguntó. «Deja la harina en el patio. El portón está abierto.» Su voz sonaba dormida. Era una noche tempestuosa. Un rayo cayó entre la hierba, frente a la ventana. El alcalde apagó la linterna. Su voz se despertó y habló más alto. «Cinco cargas más, Windisch», dijo, «y el dinero en Año Nuevo. Y para Pascua tendrás tu pasaporte». Se oyó un trueno y el alcalde miró el cristal de la ventana. «Deja la harina bajo el tejado», dijo, «está lloviendo».

«Con ésta son ya doce cargas y diez mil lei», piensa Windisch, «y la Pascua pasó hace ya tiempo». Había dejado de llamar a la ventana hacía rato. Abre el portón. Windisch apoya el saco contra su barriga y lo deja en el patio. Aunque no está lloviendo, deja el saco bajo el tejado.

La bicicleta se ha aligerado. Windisch avanza, muy pegado a ella, empujándola. Cuando la bicicleta rueda sobre la hierba, Windisch no oye sus pasos.

Aquella noche tempestuosa todas las ventanas estaban oscuras. Windisch se quedó un rato en el largo pasillo. Un rayo desgarró la tierra. Un trueno hundió el patio en la grieta. La mujer de Windisch no oyó la llave girar en la cerradura.

Windisch se detuvo en el vestíbulo. El trueno había caído tan lejos del pueblo, detrás de los jardines, que un frío silencio llenó la noche. Windisch tenía las pupilas de los ojos frías. Y la sensación de que la noche iba a romperse y una claridad cegadora iluminaría el pueblo. Windisch estaba en el vestíbulo y sabía que de no haber entrado en la casa, habría visto en todas partes, a través de los jardines, el angosto final de todas las cosas y su propio final.

Windisch oyó detrás de la puerta el jadeo obstinado y regular de su mujer. Como una máquina de coser.

Windisch abrió bruscamente la puerta. Encendió la luz. Las piernas de su mujer yacían sobre la sábana como los batientes de una ventana abierta. Temblaban bajo la luz. La mujer de Windisch abrió mucho los ojos. Su mirada no estaba cegada por la luz. Era simplemente fija.

Windisch se agachó. Se desató los zapatos. Por debajo del brazo miró los muslos de su mujer. La vio sacarse un dedo viscoso del pelo. No sabía dónde poner la mano con ese dedo. Y la puso sobre su vientre desnudo.

Windisch se miró los zapatos y dijo: «¿Conque ésas tenemos, eh? ¿Conque la vejiga, eh, señora?».

La mujer de Windisch se llevó a la cara la mano del dedo viscoso. Estiró ambas piernas hacia los pies de la cama y las apretó una contra otra hasta que Windisch sólo pudo ver una pierna y las plantas de ambos pies.

La mujer de Windisch volvió la cara a la pared y rompió a llorar ruidosamente. Lloró largo rato con la voz de sus años mozos. Lloró breve y suavemente con la voz de su edad. Gimió tres veces con la voz de otra mujer. Luego enmudeció.

Windisch apagó la luz. Se deslizó en la cama caliente. Sintió el flujo de su mujer, como si ésta hubiera vaciado su vientre en la cama.

Windisch oyó cómo el sueño la iba hundiendo más y más bajo ese flujo. Sólo su aliento ronroneaba. Una respiración cansina y vacía. Y alejada de todas las cosas. Su aliento ronroneaba como si estuviera al final de todas las cosas, al borde de su propio final.

Aquella noche durmió tan lejos que ningún sueño pudo encontrarla.

Manchas negras

Detrás del manzano cuelgan las ventanas del peletero, totalmente iluminadas. «Ése ya tiene su pasaporte», piensa Windisch. La luz relumbra en las ventanas, tras los cristales desnudos. El peletero lo ha vendido todo. Las habitaciones están vacías. «Han vendido hasta las cortinas», dice Windisch para sus adentros.

El peletero está apoyado contra la estufa de azulejos. En el suelo hay varios platos blancos. Los cubiertos están en el alféizar de la ventana. Del pomo de la puerta cuelga el abrigo negro del peletero. Su mujer se inclina sobre las maletas al pasar. Windisch le ve las manos. Proyectan sombras sobre las paredes vacías. Se alargan y se doblan. Sus brazos ondulan como ramas sobre el agua. El peletero está contando dinero. Cuando acaba, mete el fajo de billetes en los tubos de la estufa de azulejos.

El armario es un rectángulo blanco, las camas son marcos blancos. Las paredes son, en medio, manchas negras. El suelo está torcido. El suelo se levanta. Trepa hasta lo alto de la pared. Se detiene ante la puerta. El peletero cuenta un segundo fajo de billetes. El suelo va a taparlo. La mujer del peletero sopla el polvo de la gorra de piel gris. El suelo va a levantarla hasta el techo. Junto a la estufa de azulejos, el reloj de pared ha dejado una mancha blanca y alargada. Junto a la estufa de azulejos el tiempo está suspendido. Windisch cierra los ojos. «El tiempo se ha acabado», piensa

Windisch. Oye un tictac en la mancha blanca del reloj y ve una esfera de manchas negras. No tiene manecillas el tiempo. Sólo las manchas negras giran. Se persiguen. Se empujan fuera de aquella mancha blanca. Caen a lo largo de la pared. Ellas son el suelo. Las manchas negras son el suelo en la otra habitación.

Rudi está arrodillado en el suelo de la habitación vacía. Ante él hay largas filas y círculos de objetos de vidrio policromado. Junto a Rudi está la maleta vacía. De la pared cuelga un cuadro que no es tal. El marco es de cristal verde. En su interior hay un vidrio opalino con ondas rojas.

La lechuza vuela sobre los jardines. Su grito es agudo. Su vuelo, rasante. Y lleno de noche. «Un gato», piensa Windisch, «un gato que vuela».

Rudi sostiene una cuchara de vidrio azul ante uno de sus ojos. El blanco del ojo aumenta. Su pupila es una esfera húmeda y brillante en la cuchara. El suelo anega de colores los bordes de la habitación. El tiempo hace olas desde la habitación contigua. Las manchas negras flotan a la deriva. La bombilla parpadea. La luz se ha desgarrado. Las dos ventanas se aproximan nadando hasta fundirse. Los dos pisos empujan las paredes ante ellos. Windisch se sostiene la cabeza con la mano. En su cabeza late el pulso. En su muñeca late la sien. Los pisos se levantan. Se aproximan. Se tocan. Vuelven a caer a lo largo de su fina hendidura. Se volverán pesados y la tierra se abrirá. El vidrio arderá, será una úlcera temblorosa en la maleta.

Windisch abre la boca. Las siente crecer por su cara, esas manchas negras.

La caja

Rudi es ingeniero. Trabajó tres años en una fábrica de vidrio situada en las montañas.

En el curso de esos tres años, el peletero visitó una sola vez a su hijo. «Voy a pasarme una semana con Rudi en las montañas», le dijo a Windisch.

Regresó a los tres días. Con las mejillas encendidas por el aire de las montañas y los ojos agotados por el insomnio. «No podía dormir allí arriba», dijo el peletero. «No pegaba ojo. De noche sentía las montañas en la cabeza.»

«Dondequiera que mires», dijo, «ves montañas. En el camino a las montañas hay túneles. Que también son montañas. Negras como la noche. El tren pasa por esos túneles. La montaña entera retumba dentro del tren. Sientes un zumbido en los oídos y una presión en la cabeza. A ratos es noche cerrada, a ratos, un día brillante», dijo el peletero, «y eso en continua alternancia. Algo insoportable. Todos van sentados y ni se molestan en mirar por la ventana. Cuando hay luz, leen libros. Y tratan de que los libros no se les resbalen de las rodillas. Yo tenía que tratar de no rozarlos con el codo. Cuando oscurece, dejan los libros abiertos. Yo era todo oídos; sí, en los túneles prestaba oídos a ver si cerraban los libros. Y no oía nada. Cuando volvía la luz, miraba primero los libros y después sus ojos. Los libros seguían abiertos, y sus ojos estaban cerrados. La gente abría los ojos después que yo. Así como lo oyes, Windisch», dijo el peletero, «me sentía orgulloso de abrir siempre los ojos antes que ellos. Calculaba cuándo iba a acabar el túnel. Y eso lo aprendí en Rusia», añadió el peletero apoyando la frente en su mano. «Nunca he vivido tantas noches retumbantes ni tantos días resplandecientes. De noche, en mi cama, seguía oyendo los túneles. Retumbaban. Sí, retumbaban como las vagonetas de carga en los Urales.»

El peletero meció la cabeza. La cara se le iluminó. Miró la mesa por encima del hombro. Miró a ver si su mujer escuchaba. Luego dijo en un susurro: «Sólo mujeres, Windisch, así como lo oyes, allí sólo hay mujeres. ¡Y cómo caminan! Y siegan más aprisa que los hombres». El peletero se rió: «Lástima que sean valacas», dijo. «En la cama son buenas, pero no saben cocinar como nuestras mujeres.»

Sobre la mesa había una escudilla de hojalata. La mujer del peletero se puso a batir en ella una clara de huevo. «He lavado dos camisas», dijo. «Y el agua ha quedado negra. Vaya mugre la que hay por ahí. No se la ve, gracias a los bosques.»

El peletero miró la escudilla. «Arriba en la montaña más alta», dijo, «hay un sanatorio. Allí están los locos. Dan vueltas alrededor de una valla en calzoncillos azules y abrigos gruesos. Uno de ellos se pasa todo el día buscando piñas en la hierba y hablando solo. Rudi dice que es minero. Y que una vez organizó una huelga».

La mujer del peletero metió la punta del dedo en la clara batida. «Y ahí está el resultado», dijo lamiéndose la punta del dedo.

«Otro», dijo el peletero, «sólo estuvo una semana en el sanatorio. Regresó a la mina. Y un coche lo atropello».

La mujer del peletero levantó la escudilla. «Estos huevos son viejos», dijo, «la clara amarga».

El peletero asintió con la cabeza. «Desde arriba se ven los cementerios suspendidos en las laderas de los cerros», dijo.

Windisch apoyó sus manos en la mesa, junto a la escudilla. Y dijo: «No me gustaría que me enterrasen allí arriba».

La mujer del peletero paseó una mirada ausente por las manos de Windisch. «Sí, deben de ser muy bonitas las montañas», dijo. «Pero quedan tan lejos de aquí. Nosotros no podemos ir, y Rudi nunca viene a vernos.»

«Hoy ha vuelto a hacer bollos», dijo el peletero, «y Rudi no podrá probarlos».

Windisch quitó las manos de la mesa.

«Las nubes rozan casi la ciudad», dijo el peletero. «La gente camina entre las nubes. Todos los días hay tormentas. Los rayos matan gente en los campos.»

Windisch metió las manos en los bolsillos del pantalón. Se levantó y caminó hasta la puerta.

«Te he traído algo», dijo el peletero. «Rudi me dio una cajita para Amalie.» Y abrió un cajón. Volvió a cerrarlo. Miró en una maleta vacía. La mujer del peletero hurgó en los bolsillos de la chaqueta de su marido. El peletero abrió el armario.

Agotada, la mujer levantó las manos. «Ya la encontraremos», dijo. El peletero buscó en los bolsillos de su pantalón. «Esta mañana he tenido la caja en mis manos», dijo.

La navaja

Windisch está sentado ante la ventana de la cocina. Se está afeitando. Con la brocha reparte la espuma blanca por su cara. La espuma cruje sobre sus mejillas. Con la punta del dedo distribuye la nieve en torno a su boca. Mira el espejo. Ve en él la puerta de la cocina. Y su cara.

Windisch ve que se ha puesto demasiada nieve en la cara. Ve cómo su boca yace entre la nieve. Siente que la nieve en las fosas nasales y en la barbilla le impide hablar.

Windisch abre la navaja. Prueba el filo de la hoja sobre la piel de su dedo. Se coloca la hoja bajo el ojo. El pómulo no se mueve. Con la otra mano, Windisch se estira las arrugas debajo del ojo. Luego mira por la ventana. Y ve la hierba verde.

La navaja tiembla. El filo de su hoja arde.

Hace varias semanas que Windisch tiene una herida debajo del ojo. Está roja, con los bordes blandos y purulentos. Cada noche acaba llena de polvo de harina.

Hace varios días que se ha formado una costra bajo el ojo de Windisch.

Por la mañana, Windisch sale de casa con la costra. Después de abrir la puerta del molino y guardarse el candado en el bolsillo de la chaqueta, se lleva la mano a la mejilla. La costra ha desaparecido.

«A lo mejor está en el bache», piensa Windisch.

Cuando ya es de día fuera, Windisch va al estanque del molino. Se arrodilla entre la hierba y mira su cara en el agua. Pequeños círculos se quiebran contra su oreja. Sus cabellos emborronan la imagen.

Windisch tiene una cicatriz curva y blanca debajo del ojo.

Una vara de junco se ha partido. Se abre y se cierra junto a su mano. La vara de junco tiene un filo de navaja pardo.

La lágrima

Amalie salió del patio del peletero. Echó a andar por la hierba llevando la cajita en su mano. La olió. Windisch vio el ribete de la falda de Amalie proyectar su sombra sobre la hierba. Sus pantorrillas eran blancas. Windisch vio que Amalie mecía las caderas.

La caja estaba atada con una cinta plateada. Amalie se paró ante el espejo. Se miró en él. Buscó en el espejo la cinta plateada y tiró de ella. «La caja estaba en el sombrero del peletero», dijo.

En el interior de la caja crujió un papel de seda blanco. Sobre el papel blanco había una lágrima de vidrio. Tenía un agujero en la punta. Y una ranura en su interior. Bajo la lágrima había una hojita de papel. Rudi había escrito en ella: «La lágrima está vacía. Llénala de agua. Agua de lluvia, si es posible».

Amalie no podía llenar la lágrima. Era verano, y el pueblo se había quedado seco. Y el agua de pozo no era agua de lluvia.

Amalie acercó la lágrima a la luz de la ventana. Por fuera era rígida. Pero por dentro, a lo largo de la ranura, temblaba.

El cielo ardió siete días hasta vaciarse por completo. Se había desplazado hasta el extremo del pueblo. Ya en el valle, miró hacia el río. Y el cielo bebió agua. Y volvió a llover.

En el patio corría el agua sobre los adoquines. Amalie se paró con la lágrima junto al canalón. Vio cómo el agua iba llenando el vientre de la lágrima.

En el agua de lluvia también había viento. Un viento que impulsaba campanas de cristal por entre los árboles. Eran campanas opacas, en cuyo interior se agitaban remolinos de hojas. La lluvia cantaba. También había arena en la voz de la lluvia. Y cortezas de árbol.

La lágrima se llenó. Amalie la llevó a su habitación con las manos mojadas y los pies descalzos y llenos de arena.

La mujer de Windisch cogió la lágrima en su mano. El agua refulgía en su interior. Había una luz dentro del vidrio. El agua de la lágrima goteaba entre los dedos de la mujer de Windisch.

Windisch estiró la mano. Cogió la lágrima. El agua le empezó a chorrear por el codo. La mujer de Windisch se lamió los dedos húmedos con la punta de la lengua. Windisch la vio lamerse el dedo viscoso que se había sacado del pelo aquella noche tempestuosa. Miró la lluvia fuera. Sintió el flujo en la boca. El nudo del vómito le oprimió la garganta.

Windisch puso la lágrima sobre la mano de Amalie. La lágrima goteaba. Y el nivel del agua en su interior no bajaba. «Es agua salada. Te quema en los labios», dijo la mujer de Windisch.

Amalie se lamió la muñeca. «La lluvia es dulce», dijo. «La sal viene del llanto de la lágrima.»

El jardín de la carroña

«En casos así de nada sirven las escuelas», dijo la mujer de Windisch. Windisch miró a Amalie y añadió: «Rudi es ingeniero, pero en casos así de nada sirven las escuelas». Amalie se rió. «Rudi conoce el sanatorio, y no sólo por fuera. Estuvo internado», dijo la mujer de Windisch. «Lo sé por la cartera.»

Windisch jugueteaba con un vaso, empujándolo de un lado a otro de la mesa. Por último miró el vaso y dijo: «Eso les viene de familia. Los hijos también acaban locos».

La bisabuela de Rudi era conocida en el pueblo como «la oruga». Tenía una trenza muy fina que le colgaba siempre en la espalda. No podía soportar el peine. Su marido murió joven y sin haberse enfermado.

Después del entierro, la oruga salió a buscar a su marido. Fue a la taberna y empezó a mirar a cada hombre a la cara. «Tú no eres», iba diciendo de mesa en mesa. El tabernero se le acercó y le dijo: «Pero si tu marido ha muerto». Ella cogió su fina trenza en la mano. Luego rompió a llorar y salió corriendo a la calle.

Cada día la oruga salía a buscar a su marido. Entraba en las casas y preguntaba si había estado por ahí.

Un día de invierno, mientras la niebla iba esparciendo anillos blancos por el pueblo, la oruga se dirigió a los campos. Se había puesto un vestido de verano y no llevaba medias. Sólo sus manos iban vestidas de invierno. Con un par de gruesos guantes de lana. Caminó entre matorrales pelados. La tarde empezaba a declinar. El guardabosque la vio y la mandó de vuelta al pueblo.

Al día siguiente, cuando se dirigía al pueblo, el guardabosque vio a la oruga tumbada bajo una mata de endrinas. Se había congelado. El guardabosque la llevó a hombros hasta el pueblo. La oruga estaba rígida como una tabla.

«Así de irresponsable era», dijo la mujer de Windisch. «Dejó solo en el mundo a su hijito de tres años.»

El hijito de tres años era el abuelo de Rudi. Era carpintero. Y no le interesaban para nada sus campos. «Y esa tierra tan buena se llenó de cadillos», dijo Windisch.

El abuelo de Rudi sólo pensaba en su madera. Invertía todo su dinero en ella. «Con esa madera hacía figuras», dijo la mujer de Windisch. «En cada trozo de madera tallaba unas caras monstruosas.»

«Luego llegó la expropiación», dijo Windisch. Amalie se estaba pintando las uñas con esmalte rojo. «Todos los campesinos se echaron a temblar. De la ciudad llegaron unos hombres a medir los campos. Anotaron los nombres de la gente y dijeron: "Todos los que no firmen irán a la cárcel". Todas las puertas tenían echado el cerrojo», dijo Windisch. «Pero el viejo peletero no le puso cerrojo a la suya. La abrió de par en par. Cuando llegaron los hombres, les dijo: "Me alegra que me quitéis mis tierras. Llevaos también los caballos, así me libero de ellos".»

La mujer de Windisch le arrancó a Amalie el frasquito de esmalte de la mano. «Nadie más lo dijo», exclamó. Y una venita azul se le hinchó detrás de la oreja cuando gritó, furiosa: «¿Me estás oyendo?».

El viejo peletero talló una mujer desnuda con el tilo del jardín. La puso en el patio, frente a la ventana. Su mujer se echó a llorar, cogió al niño y lo metió en una cesta de mimbre. «Y se instaló con él y lo poco que pudo llevarse en una casa vacía a la entrada del pueblo», dijo Windisch.

«De tanta madera el niño quedó ya un poquitín mal de la cabeza», dijo la mujer de Windisch.

El niño era el peletero. En cuanto pudo caminar, empezó a ir cada día al campo. Cazaba sapos y lagartijas. Cuando creció un poco más, se trepaba de noche al campanario y sacaba del nido a las lechuzas que aún no podían volar. Se las llevaba a su casa bajo la camisa. Y las alimentaba con sapos y lagartijas. Cuando acababan de crecer, las mataba. Luego las vaciaba. Las metía en lechada de cal. Las secaba y las rellenaba de paja.

«Antes de la guerra», dijo Windisch, «el peletero ganó un macho cabrío jugando a los bolos

41

en una verbena. Y despellejó vivo al animal en medio del pueblo. La gente echó a correr. Las mujeres se sintieron mal».

«En el lugar donde se desangró el macho cabrío no ha vuelto a crecer la hierba hasta ahora», dijo la mujer de Windisch.

Windisch se apoyó en el armario. «Nunca fue un héroe», suspiró, «sino un simple carnicero. En la guerra no luchamos contra lechuzas ni sapos».

Amalie se empezó a peinar ante el espejo.

«Nunca estuvo en las SS», dijo la mujer de Windisch, «solamente en la Wehrmacht. Después de la guerra volvió a cazar y a disecar lechuzas, cigüeñas y mirlos. También sacrificó todas las ovejas y liebres enfermas de los alrededores. Y curtió las pieles. Todo su desván es un jardín repleto de animales muertos», dijo la mujer de Windisch.

Amalie cogió el frasquito de esmalte. Windisch sintió el grano de arena que iba de una sien a otra detrás de su frente. Una gota roja cayó del frasquito al mantel.

«Y tú fuiste puta en Rusia», le dijo Amalie a su madre, mirándose la uña.

La piedra en la cal

La lechuza vuela describiendo un círculo sobre el manzano. Windisch mira la luna. Mira hacia dónde van las manchas negras. La lechuza no cierra su círculo.

El peletero disecó la última lechuza del campanario hace dos años y se la regaló al párroco. «Esta lechuza vive en otro pueblo», piensa Windisch.

La lechuza forastera siempre encuentra la noche aquí en el pueblo. Nadie sabe dónde reposa sus alas de día. Nadie sabe dónde cierra su pico y duerme.

Windisch sabe que la lechuza forastera huele los pájaros disecados en el desván del peletero.

El peletero regaló sus animales disecados al museo de la ciudad. Sin cobrar nada por ellos. Vinieron dos hombres. El coche estuvo un día entero frente a la casa del peletero. Era blanco y estaba cerrado como una habitación.

Los hombres dijeron: «Estos animales disecados pertenecen a la reserva de caza de nuestros bosques». Metieron todos los pájaros en cajas y amenazaron con una fuerte multa. El peletero les regaló todas sus pieles de oveja. Y entonces dijeron que todo estaba en orden.

El coche blanco y cerrado salió lentamente del pueblo como una habitación. La mujer del peletero sonrió angustiada e hizo señas con la mano.

Windisch está sentado en el mirador. «El peletero presentó su solicitud después que nosotros», piensa. «Y pagó en la ciudad.»

Windisch oye moverse una hoja sobre el empedrado del pasillo. Raspa los adoquines. La pared es larga y blanca. Windisch cierra los ojos. Siente cómo la pared le crece sobre la cara. La cal le quema la frente. Una piedra abre la boca en la cal. El manzano tiembla. Sus hojas son orejas que están a la escucha. El manzano abreva sus manzanas verdes.

El manzano

Antes de la guerra había un manzano detrás de la iglesia. Un manzano que devoraba sus propias manzanas.

El padre del guardián nocturno también había sido guardián nocturno. Una noche de verano, estando detrás del seto de boj, vio al manzano abrir una boca en el extremo superior del tronco, allí donde sus ramas se separaban. El manzano comía manzanas.

A la mañana siguiente el guardián nocturno no se acostó. Fue a ver al juez municipal y le dijo que el manzano que había detrás de la iglesia devoraba sus propias manzanas. El juez se rió. Al reír empezó a parpadear. El guardián nocturno oyó el miedo a través de su risa. En las sienes del juez municipal latían los pequeños martillos de la vida.

El guardián nocturno volvió a su casa. Se metió a la cama vestido. Y se durmió bañado en sudor.

Mientras el guardián dormía, el manzano le frotó las sienes al juez municipal hasta desollárselas. Sus ojos enrojecieron y la boca se le secó.

Después de almorzar, el juez municipal le pegó a su mujer. Había visto manzanas flotando en la sopa. Y se las había comido.

El juez municipal no pudo dormir después del almuerzo. Cerró los ojos y oyó un ruido como de cortezas de árbol detrás de la pared. Las cortezas estaban colgadas en fila. Se balanceaban en cuerdas y devoraban manzanas.

Aquella tarde, el juez municipal convocó una sesión del consejo. La gente acudió. El juez nombró una comisión encargada de vigilar el manzano. Integraban la comisión cuatro campesinos ricos, el cura, el maestro de escuela y el propio juez municipal.

El juez pronunció un discurso. Llamó a la comisión de vigilancia del manzano «Comisión de una noche de verano». El cura se negó a vigilar el manzano. Se persignó tres veces y se disculpó diciendo: «Dios mío, perdona a este pecador». Amenazó con ir a la ciudad a la mañana siguiente y comunicarle esa blasfemia al obispo.

Aquel día oscureció muy tarde. Con tanto calor, el sol no lograba encontrar el final del día. La noche emergió del suelo y cubrió el pueblo.

La «Comisión de una noche de verano» se deslizó en la oscuridad siguiendo el seto de boj. Se instaló debajo del manzano. Y observó el ramaje.

El juez municipal llevaba un hacha. Los campesinos ricos pusieron sus bieldos sobre la hierba. El maestro de escuela se sentó envuelto en un saco, junto a una linterna, con un lápiz y un cuaderno. Con un ojo miraba por un agujero del tamaño del pulgar hecho en el saco. Y escribía el informe.

La noche era altísima. Empujaba al cielo fuera del pueblo. Era medianoche. La «Comisión de una noche de verano» miraba aquel cielo expulsado a medias. Debajo del saco, el maestro miró su reloj de bolsillo. Eran las doce pasadas. El reloj de la iglesia no había dado la hora.

El cura había parado el reloj de la iglesia. Sus ruedas dentadas no debían medir el tiempo del pecado. El silencio debería acusar al pueblo.

Nadie dormía en el pueblo. Los perros vagaban por las calles sin ladrar. Encaramados en los árboles, los gatos miraban con sus fosforescentes ojos de farola.

La gente estaba en sus casas. Las madres iban con sus hijos de un lado a otro, entre las velas encendidas. Los niños no lloraban.

Windisch se había instalado con Barbara debajo del puente.

Cuando el maestro vio la medianoche en su reloj de bolsillo, estiró la mano fuera del saco y le hizo una señal a la «Comisión de una noche de verano».

El manzano no se movía. El juez carraspeó después del prolongado silencio. Un acceso de tos de fumador sacudió a uno de los campesinos ricos, que arrancó rápidamente un puñado de hierba. Se metió la hierba en la boca. Y enterró su tos.

Dos horas después de la medianoche el manzano empezó a temblar. Y en la parte alta, donde sus ramas se separaban, se abrió una boca que empezó a comer manzanas.

La «Comisión de una noche de verano» pudo oír el ruido de la boca al comer. Detrás de la pared, en la iglesia, cantaban los grillos.

Cuando la boca hubo devorado su sexta manzana, el juez municipal corrió hacia el árbol y le dio un hachazo en plena boca. Los campesinos ricos agitaron sus bieldos en el aire y se pararon detrás del juez municipal.

Un trozo de corteza —una madera húmeda y amarillenta— cayó entre la hierba.

El manzano cerró la boca.

Ningún miembro de la «Comisión de una noche de verano» logró ver cómo ni cuándo el manzano cerró su boca.

El maestro salió del saco. Él, como maestro, hubiera debido verlo, dijo el juez municipal.

A las cuatro de la madrugada, el cura se dirigió a la estación arrebujado en su larga sotana negra, bajo su gran sombrero negro, llevando su cartera negra. Caminaba a paso rápido, mirando sólo el empedrado. Ya estaba amaneciendo en las paredes de las casas. La cal era clara.

Tres días después llegó al pueblo el obispo. La iglesia se llenó. La gente lo vio avanzar entre los bancos hacia el altar. Y subir al púlpito.

El obispo no rezó. Dijo que había leído el informe del maestro. Y que había consultado con Dios. «Dios lo sabía hace ya tiempo», exclamó, «Dios me recordó a Adán y Eva. Dios», añadió el obispo en voz más baja, «Dios me dijo: el demonio está en ese manzano».

El obispo le había escrito una carta al cura. Y se la había escrito en latín. El cura leyó la carta desde el púlpito. El púlpito parecía altísimo debido al latín.

El padre del guardián nocturno afirmó no haber oído la voz del cura.

Cuando el cura terminó de leer la carta, cerró los ojos. Juntó las manos y rezó en latín. Luego bajó del púlpito. Parecía pequeño. Su cara se veía cansada. Se volvió hacia el altar. «No debemos derribar ese árbol. Tenemos que quemarlo allí mismo», dijo.

Al viejo peletero le hubiera gustado comprarle el manzano al cura. Pero el cura le dijo: «La palabra de Dios es sagrada. El obispo sabe lo que hace».

Esa tarde los hombres trajeron una carretada de paja. Los cuatro campesinos ricos envolvieron el tronco con paja. Desde lo alto de la escalera, el alcalde echó paja en la copa.

De pie detrás del árbol, el cura rezaba en voz alta. El coro de la iglesia entonaba largos cánticos desde el seto de boj. Hacía frío, y el aliento de los cánticos subía hacia el cielo. Las mujeres y los niños rezaban en voz baja.

El maestro prendió fuego a la paja con una tea encendida. Las llamas devoraron la paja. Crecieron y engulleron la corteza del árbol. El fuego crepitaba en la madera. La corona del árbol lamía el cielo. La luna se cubrió.

Las manzanas se hincharon y reventaron. El zumo silbaba y gimoteaba entre las llamas como carne viva. El humo apestaba. Ardía en los ojos. Los cánticos eran desgarrados por accesos de tos.

El pueblo quedó envuelto en humo hasta que llegó la primera lluvia. El maestro lo anotó en su cuaderno. Y llamó a aquel humo: «niebla de manzana».

El brazo de madera

Un tronco negro y giboso quedó aún largo tiempo detrás de la iglesia.

La gente decía que detrás de la iglesia había un hombre. Y que se parecía al cura, pero sin sombrero.

Por la mañana había escarcha. El seto de boj quedaba salpicado de blanco. El tronco era negro.

El sacristán sacó las rosas marchitas de los altares y las llevó detrás de la iglesia. Pasó junto al tronco. El tronco era el brazo de madera de su mujer.

Remolinos de hojas calcinadas se agitaban en el suelo. No hacía viento. Las hojas no tenían peso.

Se alzaban hasta sus rodillas. Caían ante sus pasos. Las hojas se deshacían. Eran hollín.

El sacristán derribó el tronco a hachazos. El hacha no hizo el menor ruido. El sacristán vació una botella de aceite de lámpara sobre el tronco y lo prendió fuego. El tronco se consumió. En el suelo quedó un puñado de cenizas.

El sacristán metió las cenizas en una caja. Se dirigió a la salida del pueblo. Cavó con ambas manos un hoyo en la tierra. Frente a su cara había una rama torcida. Era un brazo de madera que intentaba asirlo.

El sacristán enterró la caja en el hoyo. Luego se dirigió al campo por senderos polvorientos. A lo lejos oía los árboles. El maíz estaba seco. Las hojas se quebraban a su paso. Sintió la soledad de todos esos años. Su vida era transparente. Vacía.

Las cornejas volaban sobre el maíz. Se posaban en los tallos. Eran de carbón. Y pesaban. Los tallos de maíz se balanceaban. Las cornejas revoloteaban.

Cuando el sacristán llegó nuevamente al pueblo, sintió que el corazón le colgaba, desnudo y rígido, entre las costillas. La caja con las cenizas yacía junto al seto de boj.

La canción

Los cerdos manchados del vecino gruñen ruidosamente. Forman una piara en las nubes. Pasan por encima del patio. El mirador está envuelto en una maraña de hojas. Cada hoja tiene una sombra.

Una voz de hombre canta en la calle de al lado. La canción nada entre las hojas. «De noche, el pueblo es muy grande», piensa Windisch, «y su final está en todas partes».

Windisch conoce la canción:

> *Una vez me fui a Berlín,*
> *¡Qué ciudad más bonita, tralalín!*
> *¡Toda la noche, tralalán!*

El mirador crece hacia lo alto cuando hay mucha oscuridad. Y las hojas tienen sombra. Se eleva desde debajo del empedrado. Sobre un puntal. Cuando crece demasiado, el puntal se rompe y el mirador se precipita a tierra. En el mismo lugar. Cuando llega el día, nadie nota que el mirador ha crecido y vuelto a caer.

Windisch siente el estirón sobre las piedras. Ante él hay una mesa vacía. Sobre la mesa, el terror. El terror está entre las costillas de Windisch.

Lo siente colgar como una piedra en el bolsillo de su chaqueta.

La canción nada a través del manzano:

> *¡Mándame a tu hija, tralalín!*
> *Que me la quiero follar, jolín,*
> *¡Toda la noche, tralalán!*

Windisch mete una mano fría en el bolsillo de su chaqueta. No hay ninguna piedra en el bolsillo de su chaqueta. La canción está entre sus dedos. Windisch también canta suavemente:

> *¡Oiga señor, esto no puede ser!*
> *¡Mi hija no se dejará joder!*
> *¡Toda la noche, tralalán!*

Como la piara de cerdos es tan grande allí arriba, entre las nubes, éstas se arrastran por encima del pueblo. Los cerdos callan. La canción se queda sola en la noche:

> *¡Madre mía, déjame joder!*
> *Que estoy ya en edad de merecer,*
> *¡Toda la noche, tralalán!*

El camino a casa es largo. El hombre avanza en la oscuridad. La canción no tiene cuándo acabar:

¡Madre, préstame tu coñito,
que el mío es muy pequeñito!
¡Toda la noche, tralalán!

La canción es pesada. La voz es profunda.
Hay una piedra en la canción. Sobre la piedra co-
rre agua fría:

Hija, no te lo puedo prestar,
pues tu padre lo va a necesitar.
¡Toda la noche, tralalán!

Windisch saca la mano del bolsillo de su chaqueta. Pierde la piedra. Pierde la canción.
«Amalie», piensa Windisch, «separa la punta
de los pies al caminar».

La leche

Cuando Amalie tenía siete años, Rudi se la
llevó por el maizal. Se la llevó hasta el final del
huerto. «El maizal es el bosque», le dijo. Y entró
con Amalie en el granero. «El granero es el casti-
llo», le dijo.

En el granero había un tonel de vino vacío.
Rudi y Amalie se metieron dentro. «El tonel es tu
cama», dijo Rudi. Y le puso a Amalie cadillos secos

en el pelo. «Tienes una corona de espinas», le dijo. «Estás hechizada. Te amo. Tienes que sufrir.»

Rudi tenía los bolsillos de su chaqueta llenos de trozos de vidrio policromados. Los puso alrededor del tonel. Los vidrios centelleaban. Amalie se sentó en el fondo del tonel. Rudi se arrodilló delante de ella. Le levantó el vestido. «Voy a beber tu leche», dijo Rudi. Y le chupó los pezones. Amalie cerró los ojos. Rudi le mordisqueó los botoncillos parduzcos.

A Amalie se le hincharon los pezones. Y rompió a llorar. Rudi salió al campo por la parte trasera del huerto. Amalie volvió corriendo a casa.

Tenía el pelo lleno de cadillos. Todo enmarañado. La mujer de Windisch le cortó las marañas con sus tijeras. Lavó los pezones de Amalie con infusión de manzanilla. «No vuelvas a jugar con él», le dijo. «El hijo del peletero está loco. De tanto animal disecado ha quedado mal de la cabeza.»

Windisch meneó la cabeza. «Amalie nos cubrirá de vergüenza», dijo.

La oropéndola

Entre las persianas había ranuras grises. Amalie tenía fiebre. Windisch no podía dormir. Pensaba en los pezones mordisqueados.

La mujer de Windisch se sentó al borde de la cama. «He tenido un sueño», dijo. «Soñé que subía al desván con el cedazo en la mano. En la escalera había un pájaro muerto. Era una oropéndola. Levanté al pájaro por las patas. Debajo de él había un puñado de moscas negras y gordas. Las moscas echaron a volar todas juntas. Y se instalaron en el cedazo. Yo sacudí el cedazo en el aire. Pero las moscas no se movían. Entonces abrí bruscamente la puerta, salí corriendo al patio y tiré el cedazo con las moscas sobre la nieve.»

El reloj de pared

Las ventanas del peletero se han desvanecido en la noche. Rudi está tumbado sobre su abrigo y duerme. El peletero está echado con su mujer sobre un abrigo y duerme.

Windisch ve la mancha blanca del reloj de pared sobre la mesa vacía. En el reloj de pared vive un cuclillo. Siente las manecillas. Y canta. El peletero le ha regalado el reloj de pared al policía.

Dos semanas antes, el peletero le mostró una carta a Windisch. La carta venía de Múnich. «Allí vive mi cuñado», dijo el peletero. Y puso la carta sobre la mesa. Con la punta del dedo buscó las líneas que quería leer en voz alta. «Deberíais traer vuestra vajilla y los cubiertos. Las gafas aquí son muy caras. Y los abrigos de piel, impagables.» El peletero volvió la hoja.

Windisch oye cantar al cuclillo. Huele los pájaros disecados a través del techo. El cuclillo es el único pájaro vivo en esa casa. Con su canto desgarra el tiempo. Los pájaros disecados apestan.

El peletero se echó a reír poco después. Había deslizado el dedo hasta una frase situada en el extremo inferior de la carta: «Las mujeres aquí no valen nada», leyó. «No saben cocinar. Mi mujer tiene que matarle los pollos a la dueña de la casa. La buena señora se niega a comer la sangre y el hígado. Tira el buche y el bazo. Y encima fuma todo el santo día y se va con el primero que aparece.»

«La peor de nuestras suabas», dijo el peletero, «vale más que la mejor alemana de por allí».

El euforbio

La lechuza ya no ulula. Se ha posado sobre un techo. «La vieja Kroner debe de haberse muerto», piensa Windisch.

El verano anterior, la vieja Kroner había cortado flores del tilo del tonelero. El árbol se yergue al lado izquierdo del cementerio. Donde crece la hierba y florecen narcisos silvestres. Entre la hierba hay una charca. En torno a la charca se alinean las tumbas de los rumanos. Son chatas. El agua las atrae hacia la tierra.

El tilo del tonelero huele bien. El cura dice que las tumbas de los rumanos no forman parte del cementerio. Que las tumbas de los rumanos huelen distinto de las de los alemanes.

El tonelero solía ir de casa en casa. Llevaba un saco lleno de martillos pequeñitos. Con ellos fijaba los aros en los toneles. A cambio le daban de comer. Y le permitían dormir en los graneros.

El otoño tocaba a su fin. Por entre las nubes se veía ya el frío del invierno. Una mañana, el tonelero no se despertó. Nadie sabía quién era. Ni de dónde venía. «Un tipo así está siempre en camino», decía la gente.

Las ramas del tilo cuelgan sobre la tumba. «No hace falta escalera», decía la vieja Kroner. «No te mareas.» Y, sentada en la hierba, iba metiendo las flores en un cesto.

La vieja Kroner bebió todo un invierno infusión de tilo. Se vaciaba las tazas en la boca. Se volvió adicta al tilo. En las tazas acechaba la muerte.

La cara de la vieja Kroner resplandecía. La gente decía: «Algo florece en la cara de la vieja Kroner». Era una cara joven. Con una juventud que era debilidad. Con ese rejuvenecer que precede a la muerte. Cuando uno rejuvenece más y más, hasta que el cuerpo se derrumba. Más allá del nacimiento.

La vieja Kroner cantaba siempre la misma canción: «Junto al pozo, ante el portal, se yergue un tilo». Y le añadía nuevas estrofas. Cantaba estrofas de flores de tilo.

Cuando la vieja Kroner tomaba su infusión sin azúcar, las estrofas sonaban tristes. Al cantar se miraba en el espejo. Veía las flores de tilo en su cara. Y sentía sus heridas en el vientre y en las piernas.

La vieja Kroner cogía euforbio en el campo. Lo hacía hervir y se frotaba las heridas con el líquido pardusco. Sus heridas eran cada vez más grandes. Y despedían un olor cada vez más dulce.

La vieja Kroner acabó cogiendo todo el euforbio que había en los campos. Y cada vez hacía hervir más euforbio y hojas de tilo.

Los gemelos

Rudi era el único alemán en la fábrica de vidrio. «Es el único alemán en toda la zona», decía el peletero. «Al principio, los rumanos se asombraban de que aún quedaran alemanes después de Hitler. "Todavía hay alemanes", decía la secretaria del director, "todavía hay alemanes. Incluso en Rumanía".»

«Eso tiene sus ventajas», opinaba el peletero. «Rudi gana mucho dinero en la fábrica. Y mantiene buenas relaciones con el tío de la policía secreta. Es un tipo alto y rubio. Y tiene ojos azules. Un alemán pintiparado. Rudi dice que es muy culto. Conoce todas las variedades de vidrios. Rudi le regaló un alfiler de corbata y unos gemelos de vidrio. Y valió la pena», decía el peletero. «El hombre nos ayudó muchísimo con el pasaporte.»

Rudi le regaló al hombre todos los objetos de vidrio que tenía en su habitación. Floreros de vidrio. Peines. Una mecedora de vidrio azul. Tazas y platos de vidrio. Cuadros de vidrio. Una lamparita de vidrio con una pantalla roja.

Las orejas, los labios, los ojos, los dedos de pies y manos, todos esos objetos de vidrio se los trajo Rudi a casa en una maleta. Los ponía en el suelo. Los distribuía en filas y en círculos. Y se sentaba a mirarlos.

El jarrón

Amalie es maestra en un jardín de infancia de la ciudad. Todos los sábados vuelve a casa. La mujer de Windisch la espera en la estación. La ayuda a cargar sus pesados bolsos. Cada sábado, Amalie llega con un bolso lleno de provisiones y otro con objetos de vidrio. «Cristalería», dice ella.

Los armarios están repletos de objetos de vidrio. Ordenados según el color y el tamaño. Copas de vino rojas, copas de vino azules, copas de aguardiente blancas. Sobre las mesas hay fruteros, floreros y canastillas de flores.

«Regalos de los niños», responde Amalie cuando Windisch le pregunta: «¿De dónde has sacado todos estos cacharros de vidrio?».

Hace un mes que Amalie viene hablando de un jarrón de cristal. Y traza una línea imaginaria desde el suelo hasta sus caderas. «Así de alto», dice Amalie. «Es rojo oscuro. Sobre el jarrón hay una bailarina con un vestido de encaje blanco.»

La mujer de Windisch pone ojos de besugo cuando oye hablar del jarrón. Cada sábado dice: «Tu padre jamás comprenderá lo que vale un jarrón de ésos».

«Antes bastaba con los floreros», dice Windisch. «Ahora la gente necesita jarrones.»

Cuando Amalie está en la ciudad, la mujer de Windisch habla del jarrón. Su rostro sonríe. Las manos se le ablandan. Levanta los dedos en el aire, como si fuera a acariciar una mejilla. Windisch sabe que por el jarrón estaría dispuesta a abrir las piernas. Las abriría tal como mueve los dedos en el aire, con dulzura.

Windisch se endurece cuando ella habla del jarrón. Piensa en los tiempos de la posguerra. «En Rusia, ella abría las piernas por un trozo de pan», decía la gente después de la guerra.

Windisch pensaba entonces: «Es bonita, y el hambre duele».

Entre las tumbas

Windisch volvió al pueblo tras pasar una temporada como prisionero de guerra. El pueblo aún mostraba las heridas de los numerosos muertos y desaparecidos.

Barbara había muerto en Rusia.

Katharina había vuelto de Rusia. Quería casarse con Josef. Josef había muerto en la guerra. Katharina tenía el rostro pálido. Y los ojos hundidos.

Como Windisch, Katharina había visto la muerte. Como Windisch, Katharina había traído consigo su vida. Y Windisch ató rápidamente la suya a la de ella.

Windisch la besó el primer sábado que pasó en el pueblo herido. La arrinconó contra un árbol. Sintió su vientre joven y sus senos redondos. Luego anduvo con ella bordeando los jardines.

Las lápidas formaban filas blancas. El portón de hierro rechinó. Katharina se persignó. Y se echó a llorar. Windisch sabía que lloraba por Josef. Windisch cerró el portón. Y se echó a llorar. Katharina sabía que lloraba por Barbara.

Katharina se sentó en la hierba, detrás de la capilla. Windisch se inclinó hacia ella. Katharina le acarició el pelo, sonriendo. Él le levantó la falda y se desabrochó los pantalones. Luego se echó sobre ella. Los dedos de Katharina se aferraron a la hierba. Katharina empezó a jadear. Windisch miró por sobre sus cabellos. Las lápidas refulgían. Ella temblaba.

Katharina se sentó. Se remangó la falda por encima de las rodillas. De pie ante ella, Windisch volvió a abotonarse los pantalones. El cementerio era grande. Windisch supo entonces que no había muerto. Que estaba en su casa. Que esos pantalones lo habían esperado allí, en el pueblo, en el armario. Que durante la guerra y el posterior cautiverio se le había olvidado dónde quedaba el pueblo y cuánto tiempo seguiría existiendo.

Katharina tenía una brizna de hierba en la boca. Windisch la cogió de la mano. «Vámonos de aquí», le dijo.

Los gallos

Las campanas de la iglesia dan las cinco. Windisch siente unos nudos fríos en las piernas. Entra en el patio. Por encima de la valla avanza el sombrero del guardián nocturno.

Windisch se dirige al portón. El guardián nocturno está aferrado al poste del telégrafo. Y habla solo. «¿Dónde estará, dónde se habrá ido la más bella entre las rosas?», dice. El perro se sienta en el empedrado y devora una lombriz.

Windisch dice: «Konrad». El guardián nocturno lo mira. «La lechuza se ha parado en el almiar de la dehesa», dice. «La Kroner ha muerto.» Bosteza. De su boca sale un tufo aguardentoso.

En la aldea cantan los gallos. Su canto es ronco. Aún les queda noche en el pico.

El guardián nocturno se aferra a la valla. Tiene las manos mugrientas. Y los dedos torcidos.

La marca de la muerte

La mujer de Windisch aguarda con los pies descalzos sobre las piedras del pasillo. Tiene el pelo revuelto, como si soplara viento en la casa. Windisch ve la piel de gallina de sus pantorrillas. Y la piel áspera de sus tobillos.

Windisch huele el camisón de su mujer. Está caliente. Sus pómulos son duros. Y tiemblan. La boca se le desgarra: «¡Qué horas son éstas de venir a casa!», grita ella. «A las tres miré el reloj. Y ya han dado las cinco.» Agita las manos en el aire. Windisch le mira el dedo. No se ve viscoso.

Windisch estruja una hoja de manzano seca entre sus dedos. Oye a su mujer chillar en el vestíbulo. La oye dar portazos. Entrar chillando en la cocina. Una cuchara rebota sobre la estufa.

Windisch se para en el umbral de la cocina. La mujer recoge la cuchara. «¡Cerdo putañero!», chilla. «Le voy a contar a tu hija todas tus marranadas.»

Sobre la tetera hay una burbuja verde. Sobre la burbuja aparece la cara de su mujer. Windisch se le acerca. Le da una bofetada en plena cara. Ella se calla. Agacha la cabeza. Llorando, pone la tetera sobre la mesa.

Windisch se sienta ante su bol de té. El vaho le devora la cara. El vapor de la menta invade la cocina. Windisch ve su ojo dentro del té. Un hilillo de azúcar se desliza desde la cuchara a su ojo. La cuchara está dentro del té.

Windisch bebe un trago de té. «Ha muerto la vieja Kroner», dice. Su mujer sopla el bol. Sus ojos son dos lunares rojos. «La campana dobla a muerto», dice.

Tiene una marca roja en la mejilla. La marca de la mano de Windisch. La marca del vaho del té. La marca de la muerte de la vieja Kroner.

El repique de la campana atraviesa las paredes. La lámpara dobla a muerto. El techo dobla a muerto.

Windisch respira profundamente. Encuentra su aliento en el fondo del bol.

«Quién sabe cuándo y dónde moriremos», dice la mujer de Windisch. Se lleva la mano al pelo. Se revuelve un mechón. Una gota de té le resbala por la barbilla.

En la calle se abre paso una luz gris. Las ventanas del peletero están iluminadas. «Esta tarde es el entierro», dice Windisch.

Las cartas bebidas

Windisch se dirige al molino. Los neumáticos de su bicicleta chirrían en la hierba húmeda.

Windisch ve girar la rueda delantera entre sus rodillas. Las vallas desfilan bajo la lluvia. Los jardines murmuran. Los árboles gotean.

El monumento a los caídos está arropado de gris. Las rosas tienen los bordes parduscos.

El bache está lleno de agua. El neumático de la bicicleta se ahoga dentro. El agua salpica las perneras de Windisch. Sobre el adoquinado se enroscan unas cuantas lombrices.

La ventana del carpintero está abierta. La cama está hecha. Cubierta por una manta de felpa roja. La mujer del carpintero está sentada a la mesa, sola. Sobre la mesa hay un montón de judías verdes.

La tapa del ataúd de la vieja Kroner ya no reposa apoyada contra la pared de la habitación. La madre del carpintero sonríe desde su foto, encima de la cabecera. Sonríe desde la muerte de la dalia blanca hacia la muerte de la vieja Kroner.

El suelo está desnudo. El carpintero ha vendido las alfombras rojas. También tiene los grandes formularios. Está esperando el pasaporte.

La lluvia cae sobre la nuca de Windisch. Le moja los hombros.

La mujer del carpintero tiene que ir unas veces donde el cura por la partida de bautismo, y otras donde el policía por el pasaporte.

El guardián nocturno le contó una vez a Windisch que el cura tiene una cama de hierro en la sacristía. En esa cama busca las partidas de bautismo con las mujeres. «Si todo va bien», le dijo el guardián nocturno, «busca cinco veces las partidas. Cuando hace su trabajo a conciencia, las busca diez veces. El policía, por su parte, pierde y traspapela hasta siete veces las solicitudes y los timbres fiscales en el caso de algunas familias. Y los busca con las mujeres que quieren emigrar sobre un colchón guardado en el almacén del correo».

Y el guardián nocturno añadió riendo: «Tu mujer ya es demasiado vieja para él. A tu Kathi la dejará en paz. Pero ya le tocará el turno a tu hija. El cura hará de ella una católica, y el policía, una apátrida. La cartera le deja la llave al policía cuando el tío tiene faena en el almacén».

Windisch pateó la puerta del molino. «Que se atreva», dijo. «Harina, toda la que quiera, pero a mi hija no la toca.»

«Por eso es por lo que nuestras cartas nunca llegan», dijo el guardián nocturno. «La cartera nos recibe los sobres y el dinero para los sellos. Con el dinero para los sellos se compra aguardiente. Y las cartas las lee y las tira luego a la papelera. Y cuando el policía no tiene trabajo en el almacén, se sienta junto a la cartera detrás del escritorio y bebe aguardiente. Pues la cartera le parece demasiado vieja para el colchón.»

El guardián nocturno acarició a su perro. «La cartera se ha bebido ya cientos de cartas», añadió. «Y le ha contado también cientos de cartas al policía.»

Windisch abre la puerta del molino con la llave grande. Cuenta dos años. Hace girar la llave pequeña en el candado. Y cuenta los días. Windisch se encamina al estanque del molino.

El estanque está revuelto. Hay olas en su superficie. Los sauces están embozados en hojas y viento. El almiar proyecta su imagen ondulante e inmutable sobre el estanque. En torno al almiar, las ranas arrastran sus vientres blancos entre la hierba.

El guardián nocturno está sentado al borde del estanque y tiene hipo. Su manzana de Adán da brincos fuera de la chaqueta. «Son las cebollas azules», dice. «Los rusos cortan la parte de arriba de las cebollas en rodajas muy finas y les echan sal. Y las cebollas se abren como rosas. Y sueltan un agua clara, cristalina. Parecen nenúfares. Los rusos las machacan luego con los puños. He visto rusos pararse con los talones sobre las cebollas y girarlos. Y rusas que se remangaban la falda y se arrodillaban sobre las cebollas. Luego giraban las rodillas. Nosotros, los soldados, cogíamos a las rusas por las caderas y las hacíamos girar.»

El guardián nocturno tiene los ojos llorosos. «Yo he comido cebollas dulces y tiernas como mantequilla machacadas por las rodillas de las rusas», dice. Sus mejillas se ven marchitas. Y sus ojos rejuvenecen como el brillo de las cebollas.

Windisch carga dos sacos hasta la orilla. Los cubre con una lona. El guardián nocturno se los llevará esa noche al policía.

Los juncos se mecen. En sus tallos hay una espuma blanca. «Así debe de ser el vestido de encajes de la bailarina», piensa Windisch. «Pero no quiero jarrones en mi casa.»

«Por todos lados hay mujeres. En el estanque también hay mujeres», dice el guardián nocturno. Windisch ve sus enaguas entre los juncales. Y se dirige al molino.

La mosca

La vieja Kroner reposa en su ataúd vestida de negro. Le han atado las manos con cordones blancos para que no se le resbalen del vientre. Para que recen cuando lleguen allí arriba, a la puerta del cielo.

«¡Qué bonita está! ¡Si parece dormida!», dice la vecina, la flaca Wilma. Una mosca se posa en su mano. La flaca Wilma mueve los dedos. La mosca se posa sobre una mano pequeña a su lado.

La mujer de Windisch se sacude las gotas de lluvia del pañuelo. Sobre sus zapatos caen unos hilillos transparentes. Junto a las mujeres que rezan hay varios paraguas abiertos. Estrías de agua serpentean sin rumbo debajo de las sillas, centelleando entre los zapatos.

La mujer de Windisch se sienta en la silla vacía que hay junto a la puerta. De cada ojo le brota una gruesa lágrima. La mosca se posa en su mejilla. Una de las lágrimas se desliza hacia la mosca, que echa a volar con el borde de las alas húmedo. Luego regresa. Se posa sobre la mujer de Windisch. Sobre su índice marchito.

La mujer de Windisch reza y mira la mosca, siente un cosquilleo en torno a la uña. «Es la misma mosca que estaba bajo la oropéndola. La misma que se metió en el cedazo», piensa la mujer de Windisch.

La mujer de Windisch encuentra un pasaje conmovedor en su plegaria. Que la hace suspirar. Y al suspirar mueve las manos. Y la mosca siente el suspiro en la uña del dedo. Y echa a volar rozando casi su mejilla.

Bisbiseando suavemente con los labios, la mujer de Windisch murmura un «Ruega por nosotros».

La mosca vuela muy cerca del techo. Zumba una larga canción para el velatorio. Una canción sobre el agua de lluvia. Una canción sobre la tierra como tumba.

Mientras murmura su oración, la mujer de Windisch deja caer unas cuantas lágrimas pequeñas y acongojadas. Las deja deslizar por sus mejillas. Las deja adquirir un sabor salado en torno a su boca.

La flaca Wilma busca su pañuelo bajo las sillas. Busca entre los zapatos. Entre los arroyitos que bajan de los paraguas negros.

La flaca Wilma encuentra un rosario entre los zapatos. Su cara es pequeña y puntiaguda. «¿De quién es este rosario?», pregunta. Nadie la mira. Todos callan. «¿De quién será?», suspira. «¡Ya ha venido tanta gente!» Y guarda el rosario en el bolsillo de su larga falda negra.

La mosca se posa en la mejilla de la vieja Kroner. Es algo vivo sobre la piel muerta. La mosca zumba en la rígida comisura de sus labios. La mosca baila sobre su barbilla endurecida.

Tras la ventana murmura la lluvia. La mujer que dirige los rezos agita sus cortas pestañas como si la lluvia le cayera en la cara. Como si le barriera los ojos. Y las pestañas, rotas ya de tanto rezar. «Está cayendo un diluvio en todo el país», dice. Y ya al hablar cierra la boca, como si el agua fuera a entrarle en la garganta.

La flaca Wilma contempla a la difunta. «Sólo en el Banato», dice. «El mal tiempo nos viene de Austria, no de Bucarest.»

El agua reza en la calle. La mujer de Windisch aspira una última lagrimilla. «Los viejos dicen que si llueve sobre el ataúd, el difunto era una buena persona», dice en voz alta.

Sobre el ataúd de la vieja Kroner hay ramos de hortensias. Empiezan a marchitarse, pesadas y violetas. La muerte de huesos y pellejo que yace en el ataúd se las lleva. Y la plegaria de la lluvia se las lleva.

La mosca se pasea por los botones de hortensias sin perfume.

El cura aparece en el umbral. Camina pesadamente, como si tuviera el cuerpo lleno de agua. Le da el paraguas negro al monaguillo y dice: «Alabado sea Jesucristo». Las mujeres susurran, y la mosca zumba.

El carpintero trae la tapa del ataúd.

Un pétalo de hortensia tiembla. Medio violeta, medio muerto cae sobre las manos que rezan sujetas por el cordón blanco. El carpintero coloca la tapa sobre el ataúd. La fija con clavos negros y martillazos breves.

El coche fúnebre reluce. El caballo mira los árboles. El cochero extiende una manta gris sobre el lomo del caballo. «Puede coger frío», le dice al carpintero.

El monaguillo sostiene el paraguas grande sobre la cabeza del cura. El cura no tiene piernas. El dobladillo de su sotana negra repta sobre el lodo.

Windisch siente el agua gorgotear en sus zapatos. Conoce el clavo de la sacristía. Conoce el largo clavo del que cuelga la sotana. El carpintero mete el pie en un charco. Windisch ve cómo los cordones de sus zapatos se ahogan.

«Esa sotana negra ha visto muchas cosas», piensa Windisch. «Ha visto al cura buscar las partidas de bautismo con las mujeres sobre la cama de hierro.» El carpintero pregunta algo. Windisch oye su voz, pero no entiende lo que dice. Windisch oye el clarinete y el bombo detrás de él.

En el ala del sombrero, el guardián nocturno lleva una flocadura de hilos de lluvia. El paño mortuorio bate contra la carroza fúnebre. Los ramos de hortensias tiemblan en los baches. Van esparciendo pétalos por el fango, que centellea bajo las ruedas. La carroza fúnebre gira en el cristal de las charcas.

Los instrumentos de viento son fríos. El sonido del bombo es sordo y húmedo. Por encima del pueblo, los tejados se inclinan en dirección al agua.

El cementerio brilla en sus cruces de mármol blanco. La campana descuelga sobre el pueblo su lengua balbuceante. Windisch ve su propio sombrero atravesar una charca. «El estanque va a crecer», piensa. «Y la lluvia arrastrará al agua los sacos de harina del policía.»

Hay agua en la tumba. Un agua amarillenta, como té. «Ahora podrá beber la vieja Kroner», susurra la flaca Wilma.

La mujer que dirige los rezos pone el pie sobre una margarita en el sendero entre las tumbas. El monaguillo ladea un poco el paraguas. El humo del incienso penetra en la tierra.

El cura deja chorrear un puñado de barro sobre el ataúd. «Llévate, tierra, lo que es tuyo. Y que Dios se lleve lo que es suyo», dice. El monaguillo entona un largo y húmedo «amén». Windisch logra verle las muelas.

El agua del suelo devora los bordes del paño mortuorio. El guardián nocturno se pega el sombrero al pecho. Con los dedos estruja el ala. El sombrero se arruga. El sombrero se enrolla como una rosa negra.

El cura cierra su breviario. «Volveremos a encontrarnos en el más allá», dice.

El sepulturero es rumano. Apoya la pala contra su vientre. Se persigna. Escupe en sus manos. Empieza a llenar la tumba.

Los instrumentos de viento entonan un frío canto fúnebre. Un canto sin lindes. El aprendiz de sastre sopla su trompa. Tiene manchas blancas en sus dedos azulinos. Se va deslizando en la canción. El gran pabellón amarillo está junto a su oreja. Refulge como la bocina de un gramófono. El canto fúnebre se quiebra al caer del pabellón.

El bombo vibra. La manzana de Adán de la mujer que dirige los rezos cuelga entre las puntas de su pañuelo. La tumba se llena de tierra.

Windisch cierra los ojos. Le duelen de ver tantas cruces de mármol blanco mojadas. Le duelen de tanta lluvia.

La flaca Wilma se dirige hacia el portón del cementerio. Sobre la tumba de la vieja Kroner han quedado unos macizos de hortensias deshechos. De pie junto a la tumba de su madre, el carpintero llora.

La mujer de Windisch se ha parado sobre la margarita. «Ven, vámonos», dice. Windisch echa a andar a su lado bajo el paraguas negro. El paraguas es un gran sombrero negro. La mujer de Windisch lleva el sombrero atado a un asta.

El sepulturero se queda descalzo y solo en el cementerio. Con la pala limpia sus botas de goma.

El rey duerme

Antes de la guerra, la banda de música del pueblo se reunió un día en la estación. Todos lucían su uniforme rojo oscuro. El hastial de la estación estaba enteramente recubierto de guirnaldas de lirios rojos, áster y hojas de acacia. La gente iba endomingada. Los niños llevaban medias blancas y sostenían pesados ramos de flores ante sus caras.

Cuando el tren entró en la estación, la banda tocó una marcha. La gente aplaudió. Los niños lanzaron sus flores al aire.

El tren entró lentamente. Un joven sacó su brazo largo por la ventanilla. Estiró los dedos y exclamó: «Silencio. Su Majestad el rey está durmiendo».

Cuando el tren abandonó la estación, un rebaño de cabras blancas llegó de la dehesa. Las cabras avanzaron siguiendo los rieles y se comieron los ramos de flores.

Los músicos volvieron a sus casas con su marcha interrumpida. Los hombres y mujeres volvieron a sus casas con su saludo de bienvenida interrumpido. Los niños volvieron a sus casas con las manos vacías.

Una niña que debía recitarle un poema al rey cuando la marcha y los aplausos hubieran con-

cluido, se quedó sola en la sala de espera y lloró
hasta que las cabras acabaron de comerse todos
los ramos de flores.

La gran casa

La señora de la limpieza sacude el polvo de
la barandilla. Tiene una mancha negra en la mejilla y un párpado morado. Está llorando. «Me ha
vuelto a pegar», dice.

Las perchas relucen vacías en las paredes del
vestíbulo. Forman una corona de púas. Las pantuflas, pequeñas y muy gastadas, están perfecta-
mente alineadas bajo los ganchos.

Cada niño trajo una calcomanía al jardín de
infancia. Y Amalie pegó las figurillas debajo de los
ganchos. Cada niño busca cada mañana su coche,
su perro, su muñeca, su flor, su pelota.

Udo entra en el vestíbulo. Busca su bandera.
Es negra, roja y dorada. Udo cuelga su abrigo del
gancho, encima de su bandera. Se quita los zapatos. Se pone las pantuflas rojas. Y deja sus zapatos
debajo de su abrigo.

La madre de Udo trabaja en la fábrica de
chocolate. Cada martes le trae azúcar, mantequilla, cacao y chocolate a Amalie. «Udo vendrá tres

semanas más al jardín», le dijo ayer a Amalie. «Ya nos llegó el aviso del pasaporte.»

La dentista empuja a su hija por la puerta semiabierta. La boina blanca parece una mancha de nieve sobre el pelo de la niña. La niña busca su perro debajo del gancho. La dentista entrega a Amalie un ramo de claveles y una cajita. «Anca está resfriada», le dice. «Déle estas pastillas a las diez, por favor.»

La señora de la limpieza sacude su bayeta por la ventana. La acacia está amarilla. Como cada mañana, el viejo barre la acera frente a su casa. La acacia sopla sus hojas al viento.

Los niños lucen el uniforme de los Halcones. Camisas amarillas y pantalones o faldas plisadas azul marino. «Hoy es miércoles», piensa Amalie, «el día de los Halcones».

Se oye un traqueteo de sillares y un zumbido de grúas. Los indios marchan en columnas ante las manitas infantiles. Udo construye una fábrica. Las muñecas beben leche en los dedos de las niñas.

La frente de Anca está ardiendo.

Por el techo del aula llega el himno nacional. El gran grupo está cantando en el piso de arriba.

Los sillares reposan unos sobre otros. Las grúas enmudecen. La columna de indios se halla al borde de la mesa. La fábrica no tiene tejado. La muñeca del vestido de seda largo yace sobre la silla. Está durmiendo. Tiene la cara sonrosada.

Los niños forman un semicírculo frente al pupitre, alineados según su talla. Pegan la palma de la mano al muslo. Empinan la barbilla. Los ojos se les agrandan y humedecen. Cantan en voz alta.

Los chicos y las chicas son pequeños soldados. El himno tiene siete estrofas.

Amalie cuelga el mapa de Rumanía en la pared.

«Todos los niños viven en bloques de viviendas o en casas», dice Amalie. «Cada casa tiene habitaciones. Y todas las casas juntas forman una gran casa. Esta gran casa es nuestro país. Nuestra patria.»

Amalie señala el mapa. «Ésta es nuestra patria», dice. Y con la punta del dedo busca los puntos negros en el mapa. «Éstas son las ciudades de nuestra patria», dice Amalie. «Las ciudades son las habitaciones de esta gran casa que es nuestro país. En nuestras casas viven nuestro padre y nuestra madre. Ellos son nuestros padres. Cada niño tiene sus padres. Y así como nuestro padre es el padre en la casa en que vivimos, el camarada Nicolae Ceausescu es el padre de nuestro país. Y así como nuestra madre es la madre en la casa en que vivimos, la camarada Elena Ceausescu es la madre de nuestro país. El camarada Nicolae Ceausescu es el padre de todos los niños. Y la camarada

Elena Ceausescu es la madre de todos los niños. Todos los niños quieren al camarada y a la camarada, porque son sus padres.»

La señora de la limpieza pone una papelera vacía junto a la puerta. «Nuestra patria se llama la República Socialista de Rumanía», dice Amalie. «El camarada Nicolae Ceausescu es el secretario general de nuestro país, la República Socialista de Rumanía.»

Un niño se levanta. «Mi padre tiene un globo terráqueo en casa», dice. Y dibuja una esfera con las manos. Y se lleva por delante el florero. Los claveles quedan en el agua. La camisa de halcón se le moja.

Sobre la mesita que tiene delante hay trozos de vidrio. El chico se echa a llorar. Amalie aleja de él la mesita. No puede enfadarse. El padre de Claudiu es el administrador de la carnicería de la esquina.

Anca apoya la cara sobre la mesa. «¿A qué hora volvemos a casa?», pregunta en rumano. El alemán la aburre y no acaba de entrarle. Udo construye un tejado. «Mi padre es el secretario general de nuestra casa», dice.

Amalie mira las hojas amarillas de la acacia. Como todos los días, el viejo está asomado a la ventana abierta. «Dietmar va a comprar entradas para el cine», piensa Amalie.

Los indios marchan por el suelo. Anca toma sus pastillas.

Amalie se apoya en el marco de la ventana. «¿Quién quiere recitar una poesía?», pregunta.

«Yo conozco un país con una cordillera, / en cuyas cumbres la mañana reverbera, / y en cuyos bosques, cual mar proceloso, / resuena cálido el viento de primavera.»

Claudiu habla bien alemán. Claudiu alza la barbilla. Claudiu habla alemán con voz de adulto reducido.

Diez lei

La gitanilla del pueblo vecino exprime su delantal gris verdoso. De su mano chorrea agua. Del centro de la cabeza le cuelga una trenza sobre la espalda. En la trenza hay una cinta roja. Cuelga del extremo inferior como una lengua. La gitanilla se planta ante los tractoristas descalza y con los dedos de los pies cochambrosos.

Los tractoristas llevan sombreros pequeños y mojados. Sus manos negras reposan sobre la mesa. «Si me lo enseñas», le dice uno de ellos, «te doy diez lei». Y pone diez lei sobre la mesa. Los tractoristas se ríen. Los ojos les brillan. Tienen la cara roja. Sus miradas manosean la larga falda floreada. La gitana se la remanga. El tractorista vacía su vaso. La gitana recoge el billete de la mesa. Se enrosca la trenza alrededor del dedo y ríe.

Windisch siente el olor a aguardiente y a sudor de la mesa vecina. «No se quitan las zamarras de piel de oveja en todo el verano», dice el carpintero, en cuyo pulgar hay espuma de cerveza. Y sumerge el índice en el vaso. «El cerdo de al lado me ha soplado su ceniza en la cerveza», dice. Y mira al rumano que tiene a su espalda. El rumano sostiene el cigarrillo en la comisura de los labios. Lo ha empapado de saliva. Se ríe. «No más alemán», dice. Y añade, en rumano: «Estamos en Rumanía».

El carpintero tiene una mirada ávida. Levanta su vaso y lo vacía. «Pronto estaréis libres de nosotros», exclama. Le hace una seña al tabernero, que está en la mesa de los tractoristas. «Otra cerveza», pide.

El carpintero se enjuga la boca con el dorso de la mano. «¿Ya has ido a ver al jardinero?», pregunta. «No», dice Windisch. «¿Sabes dónde queda?», pregunta el carpintero. Windisch asiente con la cabeza: «A la entrada de la ciudad». «En Fratelia, en la calle Enescu», dice el carpintero.

La gitanilla tira de la lengua roja de su trenza. Ríe y se gira. Windisch ve sus pantorrillas. «¿Cuánto?», pregunta. «Quince mil por persona», dice el carpintero. Recibe la cerveza de manos del tabernero. «Una casa de un piso. A la izquierda quedan los invernaderos. Si el coche rojo está en el patio, quiere decir que está abierto. En el patio habrá alguien cortando leña. Él te hará entrar», dice el carpintero. «No toques el timbre. Si lo haces, el leñador desaparecerá. Y no volverá a abrir la puerta.»

Los hombres y mujeres que están en una esquina de la sala beben todos de la misma botella. Uno de los hombres lleva un sombrero de terciopelo negro abollado y carga un niño en sus brazos. Windisch ve las pequeñas plantas de los pies desnudos. El niño intenta coger la botella. Abre la boca. El hombre le acerca el gollete a la boca. El niño cierra los ojos y bebe. «Borrachín», dice el hombre. Le quita la botella y se ríe. La mujer que está a su lado mordisquea una corteza de pan. Mastica y bebe. En el interior de la botella flotan migas de pan blanco.

«Ésos apestan a establo», dice el carpintero. De su dedo cuelga un largo cabello castaño.

«Son los de la vaquería», dice Windisch.

Las mujeres cantan. El niño avanza tambaleándose ante ellas y tira de sus faldas.

«Hoy es día de pago», dice Windisch. «Se pasan tres días bebiendo. Y al final se quedan otra vez sin nada.»

«La vaquera del pañuelo azul vive detrás del molino», dice Windisch. La gitanilla se remanga la falda. De pie junto a su pala, el sepulturero hurga en su bolsillo. Le da diez lei.

La vaquera del pañuelo azul canta y vomita contra la pared.

El disparo

La revisora se ha remangado la blusa. Está comiendo una manzana. El segundero palpita en su reloj. Son las cinco pasadas. El tranvía chirría.

Un niño empuja a Amalie contra la maleta de una anciana. Amalie echa a correr.

Dietmar la espera a la entrada del parque. Su boca arde sobre la mejilla de Amalie. «Tenemos tiempo», dice. «Las entradas son para la función de las siete. Para la de las cinco no quedaba ni una.»

El banco es frío. Por el césped pasan unos hombrecitos cargando cestos de mimbre llenos de hojas secas.

La lengua de Dietmar es caliente. Arde sobre la oreja de Amalie, que cierra los ojos. El aliento de Dietmar es más grande que los árboles en la cabeza de Amalie. Su mano es fría bajo la blusa de Amalie.

Dietmar cierra la boca. «Tengo que irme a la mili», dice. «Mi padre me ha traído la maleta.»

Amalie aparta la lengua de Dietmar de su oreja. Le tapa la boca con su mano. «Vamos a la ciudad», dice. «Tengo frío.»

Amalie se apoya en Dietmar. Siente sus pasos. Camina pegada a él bajo su chaqueta, como uno de sus hombros.

En el escaparate hay un gato durmiendo. Dietmar tamborilea con los dedos sobre el cristal. «Aún tengo que comprarme calcetines de lana», dice. Amalie se está comiendo un *croissant*. Dietmar le lanza un ovillo de humo a la cara. «Ven», dice Amalie, «te enseñaré mi jarrón».

La bailarina levanta el brazo sobre la cabeza. El vestido de encaje blanco permanece inmóvil tras el cristal.

Dietmar abre una puerta de madera junto al escaparate. Detrás de la puerta hay un pasillo oscuro. La oscuridad huele a cebollas podridas. Junto a la pared, tres cubos de basura se alinean como enormes latas de conserva.

Dietmar arrincona a Amalie contra uno de los cubos. La tapa rechina. Amalie siente los embates del miembro de Dietmar en su vientre. Se aferra firmemente a sus hombros. En el patio interior se oye hablar a un niño.

Dietmar se abotona los pantalones. Por la ventanita trasera del patio llega una música.

Amalie ve avanzar los zapatos de Dietmar en la fila. Una mano rasga las entradas. La acomodadora lleva un pañuelo negro en la cabeza y un vestido negro. Apaga su linterna. Las mazorcas de maíz se deslizan por el largo cuello de la cosechadora hasta el remolque del tractor. El documental ha terminado.

Dietmar recuesta su cabeza en el hombro de Amalie. En la pantalla aparecen unas letras rojas: «Piratas del siglo xx». Amalie pone su mano sobre la rodilla de Dietmar. «Otra vez una película rusa», susurra. Dietmar levanta la cabeza. «Pero al menos en colores», le dice al oído.

Agua verde y temblorosa. Bosques verdes que proyectan su imagen sobre la orilla. La cubierta del barco es ancha. Una mujer hermosa apoya las manos sobre la barandilla del barco. Como follaje flamea su cabello al viento.

Dietmar estruja los dedos de Amalie en su mano. Mira la pantalla. La mujer hermosa está hablando.

«No volveremos a vernos», dice él. «Yo tengo que irme a la mili, y tú te vas del país.» Amalie ve la mejilla de Dietmar. Que se mueve. Y habla. «He oído decir que Rudi te está esperando», dice Dietmar.

En la pantalla se abre una mano. Saca algo del bolsillo de una americana. En la pantalla aparecen un pulgar y un índice. Entre ambos hay un revólver.

Dietmar sigue hablando. Amalie oye el disparo detrás de su voz.

El agua no descansa nunca

«La lechuza está paralizada», dice el guardián nocturno. «Un día de duelo con un aguacero es demasiado incluso para ella. Si esta noche no ve la luna, no volverá a volar nunca más. Y si se muere, el agua apestará.»

«Las lechuzas no descansan nunca, y el agua tampoco», dice Windisch. «Si ésta se muere, vendrá otra lechuza al pueblo. Una lechuza joven y tonta, que no sabrá adónde ir. Y se posará en todos los tejados.»

El guardián nocturno mira la luna. «Y volverá a morir gente joven», dice. Windisch siente que el aire que tiene ante su cara pertenece al guardián nocturno. Aún le queda voz para una frase cansada: «Y todo será otra vez como en la guerra», dice.

«Las ranas croan en el molino», dice el guardián nocturno.

Y vuelven loco al perro.

El gallo ciego

La mujer de Windisch se ha sentado al borde de la cama. «Hoy día vinieron dos hombres», dice. «Contaron las gallinas y anotaron el número. Luego cogieron ocho y se las llevaron. Las encerraron en jaulas de tela metálica. El remolque del tractor se llenó de gallinas.» La mujer de Windisch suspira. «Tuve que firmar», dice. «También firmé por cuatrocientos kilos de maíz y cien kilos de patatas. Dijeron que vendrían más tarde a por ellos. Les di en el acto los cincuenta huevos. Se metieron al huerto con sus botas de goma. Vieron el trébol frente al granero. Dijeron que el año próximo tendremos que plantar allí remolachas azucareras.»

Windisch levanta la tapa de la olla. «¿Y los vecinos?», pregunta. «A ellos no los visitaron», responde la mujer de Windisch, que se mete en la cama y se tapa. «Dijeron que los vecinos tienen ocho niños pequeños y nosotros una hija que ya se gana la vida.»

En la olla hay sangre e hígado. «Tuve que matar al gallo blanco», dice la mujer de Windisch. «Los dos hombres recorrieron el corral de arriba abajo y el animal se asustó. Se precipitó aleteando contra la valla y se hirió en la cabeza. Cuando los tipos se marcharon, ya estaba ciego.»

Anillos de cebolla flotan en la olla sobre ojos de aceite. «Y tú misma dijiste que conservaríamos a nuestro gran gallo blanco para tener grandes gallinas blancas el año próximo», dice Windisch. «Y tú dijiste que todo lo blanco es muy sensible. Y tenías razón», dice la mujer de Windisch.

El armario cruje.

«Cuando iba al molino, me detuve ante la cruz de los caídos», dice Windisch en la oscuridad. «Quise entrar en la iglesia y rezar, pero estaba cerrada con llave. Y pensé que era un signo de mal agüero. San Antonio está justo detrás de la puerta. Su librote es marrón. Parece un pasaporte.»

En el aire caliente y oscuro de la habitación, Windisch sueña que el cielo se ha abierto. Las nubes se alejan del pueblo. Por el cielo vacío vuela un gallo blanco. Se golpea la cabeza contra un álamo seco que se yergue en la pradera. Y ya no ve. Se queda ciego. Windisch está a la orilla de un campo de girasoles. Grita: «El gallo se ha quedado ciego». El eco de su voz regresa convertido en la voz de su mujer. Windisch se adentra en el campo de girasoles y grita: «No te busco porque sé que no estás aquí».

El coche rojo

La barraca de madera es un cuadrado negro. Del tubo de hojalata sale un humo rastrero que se filtra por la tierra húmeda. La puerta de la barraca está abierta. En el interior, un hombre con un traje de faena azul está sentado en un banco de madera. Sobre la mesa hay una escudilla de hojalata humeante. El hombre sigue a Windisch con la mirada.

Han quitado la tapa del pozo de alcantarillado. En el pozo hay un hombre. Windisch ve la cabeza que sobresale del suelo, cubierta por un casco amarillo. Windisch pasa junto a la barbilla del hombre, que lo sigue con la mirada.

Windisch mete las manos en los bolsillos de su abrigo. Siente el fajo de billetes en el bolsillo interior de su chaqueta.

Los invernaderos se hallan al lado izquierdo del patio. Sus cristales están empañados. El vaho devora el ramaje. Las rosas arden rojas entre el vapor. El coche rojo está en medio del patio. A su lado hay unos cuantos leños. Contra la pared de la casa hay leña apilada. El hacha está junto al coche.

Windisch camina lentamente. Estruja el billete del tranvía en el bolsillo de su abrigo. Siente el asfalto húmedo a través de sus zapatos.

Windisch mira a su alrededor. El leñador no está en el patio. La cabeza del casco amarillo sigue a Windisch con la mirada.

La valla se acaba. Windisch oye voces en la casa contigua. Un enano de jardín arrastra un macizo de hortensias. Tiene una gorra roja. Un perro blanquísimo da vueltas en círculo y ladra. Windisch lanza una mirada calle abajo. Los rieles del tranvía acaban en el vacío. Entre los rieles crece la hierba. Las hojas, ennegrecidas por el aceite, se ven pequeñas y quebradas por el chirriar de los tranvías y el rechinar de los rieles.

Windisch da media vuelta. La cabeza del casco amarillo se sumerge en el pozo. El hombre del mono azul apoya una escoba contra la pared de la barraca. El enano de jardín tiene un delantal verde. El macizo de hortensias tiembla. El perro blanquísimo se detiene, silencioso, junto a la valla. El perro blanquísimo sigue a Windisch con la mirada.

Del tubo de hojalata de la barraca sale humo. El hombre del mono azul barre el fango alrededor de la barraca. Sigue a Windisch con la mirada.

Las ventanas de la casa están cerradas. La blancura de las cortinas ciega la vista. Encima de la valla hay dos hileras de alambre de púas atado a ganchos herrumbrosos. Los extremos de la leña apilada son blancos. La acaban de cortar. El filo del hacha reluce. El coche rojo está en medio del patio. Las rosas florecen entre el vapor.

Windisch vuelve a pasar junto a la barbilla del hombre del casco amarillo.

El alambre de púas se acaba. El hombre del mono azul está sentado en la barraca. Sigue a Windisch con la mirada.

Windisch da media vuelta. Se detiene ante el portón.

Windisch abre la boca. La cabeza del casco amarillo emerge del suelo. Windisch tiene frío. Se ha quedado sin voz.

El tranvía pasa chirriando. Sus ventanillas están empañadas. El revisor sigue a Windisch con la mirada.

En el marco del portón está el timbre. Tiene una yema de dedo blanca. Windisch la aprieta. El timbre resuena en su dedo. Resuena en el patio. Resuena muy lejos dentro de la casa. Detrás de las paredes el timbre resuena sordo, como enterrado.

Windisch aprieta quince veces la yema de dedo blanca. Windisch cuenta. Los sonidos agudos en su dedo, los sonidos intensos en el patio, los sonidos enterrados en la casa se entremezclan todos.

El jardinero está enterrado en los cristales, en la valla, en las paredes.

El hombre del mono azul enjuaga su escudilla de lata. Y observa. Windisch vuelve a pasar junto a la barbilla del hombre del casco amarillo. Windisch sigue los rieles con el dinero en su chaqueta.

El asfalto le hace doler los pies.

La consigna secreta

Windisch vuelve del molino a su casa. El mediodía es más grande que el pueblo. El sol lo abrasa todo a su paso. El bache está agrietado y reseco.

La mujer de Windisch está barriendo el patio. En torno a sus pies la arena parece agua. Ondas inmóviles rodean la escoba. «Aún estamos en verano y las acacias ya empiezan a amarillear», dice. Windisch se desabrocha la camisa. «Cuando los árboles se secan en verano es que se viene un invierno crudo», dice.

Las gallinas giran la cabeza bajo sus alas. Con el pico buscan su propia sombra, que no las refresca. Los cerdos manchados del vecino hozan entre las zanahorias silvestres de flores blancas, detrás de la valla. Windisch mira por la alambrada. «No les dan de comer nada a esos cerdos», dice. «Valacos tenían que ser. No saben ni alimentar a sus cerdos.»

La mujer de Windisch sostiene la escoba ante su vientre. «Deberían ponerles anillos en el hocico», dice. «De lo contrario arrasarán la casa antes de que llegue el invierno.»

La mujer de Windisch lleva la escoba al cobertizo. «Vino la cartera», dice. «Apestaba a aguardiente y eructó varias veces. Dijo que el policía te agradece la harina, y que el domingo por la mañana pase Amalie por su despacho. Que lleve una solicitud y sesenta lei para timbres fiscales.»

Windisch se muerde los labios. Su cavidad bucal aumenta de tamaño hasta llegar a la frente. «¿A qué viene tanto agradecimiento?», dice.

La mujer de Windisch levanta la cabeza. «Ya sabía yo que no irías muy lejos con tu harina», dice. «Lo suficiente para que mi hija acabe de colchón», grita Windisch hacia el patio. Escupe sobre la arena: «¡Puah! ¡Qué vergüenza!». Una gota de saliva le cuelga de la barbilla.

«Tampoco irás muy lejos con tus ¡puahs!», dice la mujer de Windisch. Sus pómulos son dos piedras rojas. «Lo que importa ahora no es la vergüenza, sino el pasaporte», dice.

Windisch cierra la puerta del cobertizo de un sonoro puñetazo. «¡Y tú muy bien que lo sabes!», grita.

«¡Después de lo de Rusia muy bien que lo sabes! ¡Allí tampoco te importó mucho la vergüenza!»

«¡Cerdo asqueroso!», grita la mujer de Windisch. La puerta del cobertizo se abre y se cierra como si el viento soplase en la madera. La mujer de Windisch busca su boca con la punta del dedo. «Cuando el policía vea que nuestra Amalie aún es virgen, se le irán las ganas», dice.

Windisch se ríe. «¡Virgen, virgen como lo eras tú aquella vez en el cementerio, después de la guerra», dice. «En Rusia la gente se moría de hambre y tú vivías de prostituirte. Y lo habrías seguido haciendo después de la guerra si no me hubiera casado contigo.»

La mujer de Windisch se queda con la boca semiabierta. Levanta la mano. Estira el dedo índice. «Para ti todos son malos», grita, «porque tú mismo eres malo y no estás bien de la cabeza». Y echa a andar por la arena con los talones desollados.

Windisch sigue los talones. Ella se detiene en el mirador, se levanta el delantal y sacude con él la mesa vacía. «Algo habrás hecho mal donde el jardinero», dice. «Cualquiera puede entrar. Todos se preocupan de sus pasaportes, salvo tú, porque eres inteligente y honrado.»

Windisch entra en el vestíbulo. La nevera zumba. «No ha habido corriente toda la mañana», dice la mujer de Windisch. «La nevera se ha descongelado. Si esto sigue así, se pudrirá la carne.»

Sobre la nevera hay un sobre. «La cartera trajo una carta», dice la mujer de Windisch. «Del peletero.»

Windisch lee la carta. «No menciona a Rudi para nada», dice. «Debe de estar de nuevo en el sanatorio.»

La mujer de Windisch mira el patio. «Recuerdos para Amalie. ¿Por qué no le escribe él mismo?»

«Ésta es la única frase que le ha escrito», dice Windisch. «Esta que empieza con P. S.» Y deja la carta sobre la nevera.

«¿Qué significa P. S.?», pregunta la mujer de Windisch.

Windisch se encoge de hombros. «Antes significaba pura sangre», dice. «Ahora debe de ser alguna consigna secreta.»

La mujer de Windisch se para en el umbral. «Es lo que pasa cuando los niños van al colegio», suspira.

Windisch sale al patio. El gato está tumbado sobre las piedras, durmiendo. Totalmente cubierto por el sol. Tiene la cara muerta. Y su vientre respira débilmente bajo la piel.

Windisch ve la casa del peletero envuelta en la luz del mediodía. El sol le da un brillo dorado.

El oratorio

«La casa del peletero acabará convirtiéndose en un oratorio para los baptistas valacos», le dice el guardián nocturno a Windisch frente al molino. «Esos tipos de los sombreritos son los baptistas. Aúllan cuando rezan. Y sus mujeres gimen cuando entonan cánticos religiosos, como si estuvieran en la cama. Los ojos se les hinchan, como a mi perro.

El guardián nocturno habla en voz muy baja, aunque fuera de Windisch y el perro no haya nadie en la orilla del estanque. Escruta la noche, por si viniera alguna sombra a mirar y escucharlo. «Todos son hermanos y hermanas», dice. «Se aparean los días de fiesta. Con el primero que encuentran en la oscuridad.»

El guardián nocturno se queda mirando una rata de agua. La rata chilla con voz de niño y desaparece entre los juncos. El perro no oye el susurro del guardián nocturno. Desde la orilla ladra a la rata. «Lo hacen sobre la alfombra del oratorio», dice el guardián nocturno. «Por eso tienen tantos hijos.»

El agua del estanque y el bisbiseo del guardián nocturno producen en la nariz de Windisch un romadizo acre y salado. El asombro y el silencio le abren un agujero en la lengua.

«Esa religión viene de América», dice el guardián nocturno. Windisch respira a través de su romadizo salado. «Del otro lado del charco.»

«El diablo también cruza el charco», añade el guardián nocturno. «Y ésos tienen al diablo en el cuerpo. Mi perro tampoco los aguanta. Les ladra todo el tiempo. Los perros huelen al diablo.»

El agujero en la lengua de Windisch se va llenando lentamente. «El peletero siempre decía que en América los judíos llevan la voz cantante», dice Windisch. «Sí», dice el guardián nocturno, «los judíos corrompen el mundo. Los judíos y las mujeres».

Windisch asiente con la cabeza. Piensa en Amalie. «Cada sábado, cuando vuelve a casa, la veo caminar con las puntas de los pies hacia fuera», piensa.

El guardián nocturno se come la tercera manzana verde. El bolsillo de su chaqueta está lleno de manzanas verdes. «Eso de las mujeres en Alemania es verdad», dice Windisch. «El peletero nos lo ha escrito. Lo peor de aquí sigue valiendo mucho más que lo mejor de allí.»

Windisch mira las nubes. «Las mujeres siempre siguen la última moda», dice Windisch. «Ya les gustaría ir desnudas por la calle. Hasta los niños leen revistas con mujeres desnudas en el colegio, ha escrito el peletero.»

El guardián nocturno hurga entre las manzanas verdes de su bolsillo. Escupe un trozo de manzana. «Desde que cayó el diluvio aquel, la fruta se ha llenado de gusanos», dice. El perro lame el trozo escupido. Y se come el gusano.

«Algo va mal desde que empezó el verano», dice Windisch. «Mi mujer tiene que barrer el patio cada día. Las acacias se están secando. En nuestro patio ya no queda ni una. En el de los valacos hay tres, y distan mucho de estar peladas. En nuestro patio, en cambio, caen cada día hojas secas como para vestir diez árboles. Mi mujer no se explica de dónde pueden salir tantas. Nunca hemos tenido tal cantidad de hojas secas en el patio.» «Las trae el viento», dice el guardián nocturno. Windisch cierra la puerta del molino con llave.

«Pero si no hace viento», dice. El guardián nocturno estira los dedos en el aire: «Siempre hace viento, aunque no lo sintamos».

«En Alemania los bosques también se secan a mediados de año», dice Windisch.

«El peletero nos lo ha escrito», añade. Mira el cielo ancho y bajo. «Se han instalado en Stuttgart. Rudi está en otra ciudad. El peletero no ha dicho dónde. Al peletero y su mujer les han asignado una vivienda de protección social con tres habitaciones. Tienen una cocina-comedor y un cuarto de baño con espejos en las paredes.»

El guardián nocturno se ríe. «A su edad a la gente aún le apetece mirarse desnuda en el espejo», dice.

«Unos vecinos ricos les regalaron los muebles», dice Windisch. «Y también un televisor. Junto a ellos vive una señora sola. Es una dama muy remilgada que nunca come carne, escribe el peletero. Se moriría si lo hiciera, le dijo.»

«A ésos les va demasiado bien», dice el guardián nocturno. «Que vengan aquí a Rumanía y verás como comen de todo.»

«El peletero tiene un buen sueldo», dice Windisch. «Su mujer hace faenas de limpieza en un asilo de ancianos. La comida allí es buena. Cuando algún anciano celebra su cumpleaños, organizan un baile.»

El guardián nocturno se ríe. «Sería lo ideal para mí», dice. «Buena comida y unas cuantas jovenzuelas.» Muerde el corazón de una manzana. Las pepitas blancas resbalan sobre su chaqueta. «No sé», dice, «no logro decidirme a presentar mi solicitud».

Windisch ve el tiempo detenido en la cara del guardián nocturno. Windisch ve el final en las mejillas del guardián nocturno, lo ve quedarse allí hasta más allá del final.

Windisch mira la hierba. Sus zapatos están blancos de harina. «Una vez dado el primer paso», dice, «lo demás marcha solo».

El guardián nocturno suspira. «Es difícil cuando no se tiene a nadie», dice. «Dura mucho tiempo, y uno envejece, no rejuvenece.»

Windisch pone la mano sobre su pernera. Tiene la mano fría y el muslo caliente. «Aquí todo va de mal en peor», dice. «Nos quitan las gallinas, los huevos. Hasta el maíz nos lo quitan antes de que haya crecido. A ti acabarán quitándote la casa y el corral.»

La luna está enorme. Windisch oye a las ratas zambullirse en el agua. «Siento el viento», dice. «Las articulaciones de las piernas me duelen. Seguro que va a llover.»

El perro se para junto al almiar y ladra. «El viento del valle no trae lluvia», dice el guardián nocturno, «tan sólo nubes y polvo». «Tal vez llegue otra tormenta que arranque de nuevo la fruta de los árboles», dice Windisch.

La luna tiene un velo rojo.

«¿Y Rudi?», pregunta el guardián nocturno.

«Se ha tomado un descanso», dice Windisch. Siente cómo la mentira le arde en las mejillas. «En Alemania lo del vidrio no funciona como aquí. El peletero escribe que nos llevemos nuestra cristalería, nuestra porcelana y las plumas para los cojines. Las cosas de damasco y la ropa interior no, que allí hay toda la que quieras. Las pieles son muy caras. Las pieles y las gafas.»

Windisch mordisquea una brizna de hierba. «Empezar nunca es fácil», dice.

El guardián nocturno se escarba una muela con la punta del dedo. «En todas partes hay que trabajar», dice.

Windisch se ata la brizna de hierba al índice: «Hay una cosa muy dura, nos ha escrito el peletero. Una enfermedad que todos conocemos por la guerra: la nostalgia».

El guardián nocturno sostiene una manzana en la mano. «Yo no sentiría nostalgia», dice. «Después de todo, allí sólo está uno entre alemanes.»

Windisch hace nudos con la brizna de hierba. «Allí hay más extranjeros que aquí, nos ha escrito el peletero. Hay turcos y negros que se multiplican rápidamente», dice.

Windisch se pasa la brizna de hierba entre los dientes. La siente fría. Su encía también es fría. Windisch tiene el cielo en la boca. El viento y el cielo nocturno. La brizna de hierba se desgarra entre sus dientes.

La mariposa de la col

Amalie está de pie ante el espejo. Sus enaguas son rosadas. Bajo el ombligo de Amalie crecen encajes blancos. Windisch ve la piel de la rodilla de Amalie a través de los encajes. La rodilla de Amalie está recubierta de un vello muy fino. Es blanca y redonda. Windisch vuelve a mirar la rodilla de Amalie en el espejo. Ve los agujeros de los encajes fundirse unos con otros.

En el espejo están los ojos de la mujer de Windisch. En los ojos de Windisch, un parpadeo rápido desplaza los encajes hacia las sienes. En el rabillo de su ojo se hincha una vena roja que desgarra los encajes. El ojo de Windisch hace girar el desgarrón en la pupila.

La ventana está abierta. Las hojas del manzano se pegan a los cristales.

Los labios de Windisch arden. Dicen algo. Lo que dicen no es más que un discurso consigo mismo, lanzado a la habitación. Detrás de su propia frente.

«Está hablando solo», dice la mujer de Windisch dirigiéndose al espejo.

Por la ventana de la habitación entra una mariposa de la col. Windisch la sigue con la mirada. Harina y viento es su vuelo.

La mujer de Windisch coge el espejo. Con sus dedos marchitos acomoda los tirantes de las enaguas sobre los hombros de Amalie.

La mariposa de la col revolotea sobre el peine de Amalie. Amalie se lo pasa por el pelo estirando mucho el brazo. Y sopla la mariposa de la col para ahuyentarla con su harina. La mariposa se para en el espejo. Zigzaguea en el cristal, sobre el vientre de Amalie.

La mujer de Windisch pega la punta del dedo al espejo. Aplasta a la mariposa de la col contra el cristal.

Amalie se rocía dos grandes nubes bajo las axilas. Las nubes resbalan por sus brazos hasta las enaguas. El tubo del spray es negro. En él se lee, escrito con letras de un verde chillón: *Primavera irlandesa*.

La mujer de Windisch cuelga un vestido rojo en el respaldo de la silla. Bajo el asiento pone unas sandalias blancas de tacón alto y correas delgadas. Amalie abre su bolso. Con la punta del dedo se aplica sombreado de ojos sobre los párpados. «No demasiado chillón», dice la mujer de Windisch, «que si no la gente empieza a hablar». Su oreja está en el espejo. Es grande y gris. Los párpados de Amalie son de un azul pálido. «Basta», dice la mujer de Windisch. El rímel de Amalie es de hollín. Amalie acerca la cara al espejo hasta casi rozarlo. Sus ojos abiertos son de vidrio.

Del bolso de Amalie cae una tira de papel de estaño sobre la alfombra. Está llena de verruguillas blancas y redondas. «¿Y eso qué es?», pregunta la mujer de Windisch. Amalie se agacha y guarda la tira en su bolso. «La píldora», dice. Y gira el lápiz de labios hasta sacarlo de su envoltura negra.

La mujer de Windisch mete sus pómulos en el espejo. «¿Para qué necesitas píldoras?», le pregunta, «si no estás enferma».

Amalie se mete el vestido rojo por la cabeza. Su frente ya asoma por el cuello blanco. Con los ojos aún bajo el vestido, dice: «Las tomo por si acaso».

Windisch se lleva las manos a las sienes. Sale de la habitación. Se sienta en el mirador, junto a la mesa vacía. La habitación está oscura. Hay un agujero de sombra en la pared. El sol crepita en los árboles. Sólo el espejo reluce. En el espejo está la boca roja de Amalie.

Frente a la casa del peletero pasan unas mujeres viejas y bajitas. La sombra de los pañuelos negros sobre sus cabezas las precede. La sombra entrará en la iglesia antes que las mujeres viejas y bajitas.

Amalie taconea sobre el empedrado con sus sandalias blancas. En la mano lleva la solicitud, doblada en cuatro como una cartera blanca. El vestido rojo baila en sus pantorrillas. La primavera irlandesa embalsama el patio. El vestido de Amalie es más oscuro bajo el manzano que al sol.

Windisch ve cómo Amalie separa las puntas de los pies al caminar.

Un mechón del pelo de Amalie vuela sobre el portón de la calle, que se cierra de golpe.

La misa cantada

La mujer de Windisch está en el patio, de pie tras las uvas negras. «¿No vas a la misa cantada?», pregunta. Las uvas le crecen de los ojos. Las hojas verdes, de la barbilla.

«No saldré de casa», dice Windisch, «no quiero que la gente me diga: le ha tocado el turno a tu hija».

Windisch apoya los codos sobre la mesa. Sus manos son pesadas. Windisch apoya la cara sobre sus manos pesadas. El mirador no crece. Están en pleno día. Por un instante, el mirador cae sobre un lugar donde nunca había estado. Windisch siente el golpe. Entre sus costillas cuelga una piedra.

Windisch cierra los ojos. Siente sus ojos en las manos. Sus ojos sin rostro.

Con los ojos desnudos y la piedra entre las costillas, Windisch dice en voz alta: «El hombre es un gran faisán en el mundo». Lo que Windisch oye no es su voz. Siente su boca desnuda. Las paredes han hablado.

La bola de fuego

Los cerdos manchados del vecino duermen entre las zanahorias silvestres. Las mujeres negras salen de la iglesia. El sol resplandece. Las levanta sobre la acera en sus pequeños zapatos negros. Tienen las manos desmadejadas de tanto desgranar rosarios. Su mirada aún sigue transfigurada por la oración.

Por sobre el tejado del peletero, la campana de la iglesia anuncia la mitad del día. El sol es el gran reloj sobre las campanadas del mediodía. La misa cantada ha terminado. El cielo quema.

Detrás de las viejecillas la acera está vacía. Windisch contempla la hilera de casas. Ve el extremo de la calle. «Amalie ya debería estar llegando», piensa. Entre la hierba hay unos cuantos gansos. Son blancos como las sandalias de Amalie.

La lágrima está en el armario. «Amalie no la ha llenado», piensa Windisch. «Amalie nunca está en casa cuando llueve. Siempre está en la ciudad.»

La acera se mueve bajo la luz. Los gansos despliegan velas. Tienen paños blancos en las alas. Las sandalias color de nieve de Amalie no caminan por la aldea.

La puerta del armario cruje. La botella gorgotea. Windisch tiene una bola de fuego húmeda en la lengua. La bola se desliza por su garganta. En las sienes de Windisch flamea un fuego. La bola se deshace. Teje una red de hilos calientes en la frente de Windisch. Traza entre sus cabellos crenchas zigzagueantes.

La gorra del policía gira al borde del espejo. Sus hombreras relucen. Los botones de su chaqueta azul crecen en medio del espejo. Sobre la chaqueta del policía emerge la cara de Windisch.

La cara de Windisch emerge una vez grande e imponente sobre la chaqueta. Dos veces apoya Windisch su cara pequeña y temerosa sobre las hombreras. El sargento se ríe entre las mejillas de la cara grande e imponente de Windisch. Con sus labios húmedos le dice: «No irás muy lejos con tu harina».

Windisch alza los puños. La chaqueta del policía vuela en mil pedazos. La cara grande e imponente de Windisch tiene una mancha de sangre. Windisch golpea las dos caras pequeñas y temerosas por encima de las hombreras y las mata.

La mujer de Windisch barre en silencio los restos del espejo roto.

El moretón

Amalie está en la puerta. Sobre los trozos de cristal hay manchas rojas. La sangre de Windisch es más roja que el vestido de Amalie.

Un último resto de primavera irlandesa sube desde las pantorrillas de Amalie. El moretón de su cuello es más rojo que su vestido. Amalie se quita las sandalias blancas. «Ven a comer», le dice la mujer de Windisch.

La sopa humea. Amalie se sienta entre la niebla. Sostiene la cuchara con las puntas rojas de sus dedos. Mira la sopa. El vaho le hace mover los labios. Sopla. La mujer de Windisch se sienta suspirando en la nube gris que se eleva ante el plato.

Por la ventana llega un murmullo de hojas. «Vuelan hacia el patio», piensa Windisch. «Hay hojas como para vestir diez árboles y todas vuelan hacia el patio.»

Windisch desliza su mirada por la oreja de Amalie. Es una parte de lo que ve. Está rojiza y arrugada como un párpado.

Windisch deglute un tallarín blando y blanco. Se le pega en la garganta. Windisch pone la cuchara sobre la mesa y tose. Los ojos se le llenan de agua.

Windisch vomita su sopa en la sopa. Tiene un gusto acre en la boca. Y se le sube a la frente.

La sopa del plato se enturbia con la sopa vomitada.

Windisch ve un patio muy ancho en la sopa del plato. Es una tarde de verano en ese patio.

La araña

La noche de aquel sábado, Windisch bailó con Barbara frente a la profunda bocina del gramófono hasta muy entrado el domingo. Hablaban de la guerra a ritmo de vals.

Bajo el membrillero, una lámpara de petróleo oscilaba sobre una silla.

Barbara tenía un cuello grácil. Windisch bailó con su cuello grácil. Barbara tenía una boca pálida. Windisch estaba pendiente de su aliento. Se bamboleaba. El bamboleo era una danza.

Una araña le cayó en el pelo a Barbara bajo el membrillero. Windisch no la vio. Se pegó a la oreja de Barbara. Oía la canción de la bocina a través de su gruesa trenza negra. Sintió su peineta dura.

Ante la lámpara de petróleo brillaban las hojas de trébol verdes en los pendientes de Barbara. Barbara daba vueltas y más vueltas. El girar era una danza.

Barbara sintió la araña en su oreja. Se asustó y gritó: «Voy a morir».

El peletero estaba bailando en la arena. Pasó junto a ellos. Se rió. Le quitó la araña de la oreja a Barbara. La tiró a la arena y la aplastó con el zapato. El aplastarla fue una danza.

Barbara se apoyó contra el membrillero. Windisch le sostenía la frente.

Barbara se llevó la mano a la oreja. La hoja de trébol verde había desaparecido. Barbara no la buscó. Dejó de bailar. Y se echó a llorar. «No lloro por el pendiente», dijo.

Más tarde, muchos días más tarde estaba Windisch sentado con Barbara en un banco del pueblo. Barbara tenía un cuello grácil. Una hoja de trébol verde brillaba. La otra oreja se perdía en la noche.

Windisch le preguntó tímidamente por el otro pendiente. Barbara lo miró. «¿Dónde hubiera podido buscarlo?», preguntó. «La araña se lo llevó a la guerra. Las arañas comen oro.»

Barbara siguió los pasos de la araña después de la guerra. La nieve, en Rusia, se la llevó al derretirse por segunda vez.

La hoja de lechuga

Amalie está chupando un hueso de pollo. La lechuga cruje en su boca. La mujer de Windisch sostiene un ala de pollo ante su boca. «Se ha bebido toda la botella de aguardiente», dice. Y añade, saboreando el pellejo dorado: «De pura pena».

Amalie hinca los dientes del tenedor en una hoja de lechuga. Sostiene la hoja ante su boca. La hace temblar con su voz. «Con tu harina no irás demasiado lejos», dice. Sus labios muerden firmemente la hoja como una oruga.

«Los hombres tienen que beber porque sufren mucho», dice la mujer de Windisch sonriendo. El sombreado de ojos de Amalie forma un pliegue azul encima de sus pestañas. «Y sufren mucho porque beben», añade Amalie con una risita. Mira a través de una hoja de lechuga.

El moretón crece en su cuello. Se ha vuelto azul, y se le mueve cuando deglute.

La mujer de Windisch chupa las pequeñas vértebras blancas. Se come los trocitos de carne del cuello. «Abre bien los ojos cuando te cases», dice. «La bebida es una enfermedad terrible.» Amalie se chupa la punta roja del dedo. «Y nada saludable», añade.

Windisch mira la araña negra. «Putear es más saludable», dice.

La mujer de Windisch da un manotazo sobre la mesa.

La sopa de hierbas

La mujer de Windisch estuvo cinco años en Rusia. Dormía en una barraca con camas de hierro en cuyos bordes chasqueaban los piojos. La habían pelado al rape. Tenía la cara gris. Y el cuero cabelludo rojo y carcomido.

Sobre las montañas se alzaba otra cadena montañosa de nubes y nieve a la deriva. Sobre el camión ardía el hielo. No todos se apeaban a la entrada de la mina. Cada mañana había hombres y mujeres que se quedaban sentados en los bancos. Con los ojos abiertos. Dejaban pasar a todos los demás. Se habían congelado. Estaban sentados en el más allá.

La mina era negra. La pala, fría. El carbón, pesado.

Cuando la nieve se fundió por primera vez, una hierba fina y puntiaguda empezó a brotar entre la rocalla de las hondonadas. Katharina había vendido su abrigo de invierno por diez rebanadas de pan. Su estómago era un erizo. Katharina recogía un manojo de hierbas cada día. La sopa de hierbas calentaba y era buena. El erizo ocultaba sus púas durante unas horas.

Luego llegó la segunda nevada. Katharina tenía una manta de lana. Era su abrigo durante el día. El erizo pinchaba.

Cuando oscurecía, Katharina seguía la luminosidad de la nieve. Agachada, se deslizaba junto a la sombra del guardián. Iba hasta la cama de hierro de un hombre. Un cocinero. Que la llamaba Käthe, la abrigaba y le regalaba patatas calientes y dulces. El erizo ocultaba sus púas durante unas horas.

Cuando la nieve se fundió por segunda vez, la sopa de hierbas empezó a brotar bajo los zapatos. Katharina vendió su manta de lana por diez rodajas de pan. El erizo volvió a ocultar sus púas durante unas horas.

Luego llegó la tercera nevada. La zamarra de piel de oveja era el abrigo de Katharina.

Cuando murió el cocinero, la luz de la nieve pasó a brillar en otra barraca. Katharina se deslizaba a la sombra de otro guardián. Hacia la cama de hierro de un hombre. Un médico. Que la llamaba Katyusha, la abrigaba y un día le dio una hojita de papel blanco. Debido a una enfermedad. Durante tres días, Katharina no tuvo necesidad de ir a la mina.

Cuando la nieve se fundió por tercera vez, Katharina vendió su zamarra de piel de oveja por un bol de azúcar. Katharina comió pan húmedo y espolvoreado con un poco de azúcar. El erizo volvió a ocultar sus púas durante unos días.

Luego llegó la cuarta nevada. Las medias de lana gris eran el abrigo de Katharina.

Cuando murió el médico, la luz de la nieve pasó a brillar sobre el patio del campo. Katharina se deslizaba a rastras frente al perro dormido. Iba hasta la cama de hierro de un hombre. Que era sepulturero. Y también enterraba a los rusos en el pueblo. La llamaba Katia, la abrigaba y le daba carne traída de algún banquete fúnebre en el pueblo.

Cuando la nieve se fundió por cuarta vez, Katharina vendió sus medias de lana gris por una escudilla de harina de maíz. La papilla de maíz era caliente. Y se hinchaba. El erizo ocultó sus púas durante unos días.

Luego llegó la quinta nevada. El vestido de tela marrón de Katharina fue su abrigo.

Cuando murió el sepulturero, Katharina se puso su abrigo. Una noche se deslizó por la nieve siguiendo la cerca. Hasta la casa de una anciana rusa que vivía sola en el pueblo. El sepulturero había enterrado a su marido. La anciana rusa reconoció el abrigo de Katharina. Había pertenecido a su esposo. Katharina se calentó en su casa. Empezó a ordeñar su cabra. La rusa la llamaba *diévochka*. Y le daba leche.

Cuando la nieve se fundió por quinta vez, florecieron panojas amarillas entre la hierba.

En la sopa de hierbas flotaba un polvo amarillento y dulce.

Una tarde entraron en el patio del campamento unos coches verdes. Aplastaron la hierba. Katharina estaba sentada en una piedra frente a la barraca. Vio las huellas fangosas de los neumáticos. Vio a los guardianes desconocidos.

Las mujeres subieron a los coches verdes. Las huellas fangosas no conducían a la mina. Los coches verdes se detuvieron frente a la pequeña estación.

Katharina subió al tren. Estaba llorando de alegría.

Aún tenía un resto de sopa de hierbas pegado a las manos cuando le dijeron que el tren la llevaría de vuelta a casa.

La gaviota

La mujer de Windisch enciende el televisor. La cantante está apoyada en la barandilla, frente al mar. El dobladillo de su falda ondea al viento. Sobre la rodilla de la cantante cuelga la orla de encaje de sus enaguas.

Una gaviota vuela sobre el agua. Vuela pegada al borde de la pantalla. Bate la punta de sus alas en la habitación.

«Nunca he estado en el mar», dice la mujer de Windisch. «Si el mar no estuviera tan lejos, las gaviotas vendrían al pueblo.» La gaviota se precipita al agua. Y devora un pez.

La cantante sonríe. Tiene cara de gaviota. Cierra y abre los ojos con la misma frecuencia que la boca. Canta una canción sobre las muchachas de Rumanía. Su cabello quiere ser agua. Pequeñas olas se le encrespan en las sienes.

«Las muchachas de Rumanía», canta la cantante, «son tiernas como las flores en las praderas de mayo». Sus manos señalan el mar. Un matorral arenoso tiembla junto a la orilla.

En el agua, un hombre nada siguiendo sus manos. Se aleja mar adentro. Está solo, y el cielo se acaba. Su cabeza va a la deriva. Las olas son oscuras. La gaviota es blanca.

La cara de la cantante es tierna. El viento señala la orla de encaje de sus enaguas.

La mujer de Windisch está de pie ante la pantalla. Con la punta del dedo señala la rodilla de la cantante. «¡Qué encaje más bonito!», dice, «seguro que no es de Rumanía».

Amalie se instala ante la pantalla. «Como el del vestido de la bailarina del jarrón.»

La mujer de Windisch pone unos bizcochuelos en la mesa. Bajo la mesa está la escudilla de lata. El gato lame en ella la sopa vomitada.

La cantante se ríe. Cierra la boca. Detrás de su canción, el mar se rompe en la orilla. «Que tu padre te dé dinero para el jarrón», dice la mujer de Windisch.

«No», dice Amalie. «Tengo algo ahorrado. Yo misma lo pagaré.»

La lechuza joven

Hace ya una semana que la lechuza joven está en el valle. La gente la ve cada tarde al volver de la ciudad. Un crepúsculo gris envuelve los rieles. Unos maizales negros, extraños, ondean al paso del tren. La lechuza joven se instala entre los cardos marchitos como si fueran nieve.

La gente se apea en la estación. Nadie habla. Hace una semana que el tren no pita. Todos llevan sus bolsos pegados al cuerpo. Vuelven a sus casas. Si se encuentran con alguien en el camino de vuelta, dicen: «Éste es el último respiro. Mañana llegará la lechuza joven, y con ella, la muerte».

El cura manda al monaguillo a lo alto del campanario. La campana repica. Al cabo de un rato, el monaguillo vuelve a bajar a la iglesia totalmente pálido. «Yo no tiraba de la campana, sino ella de mí», dice. «Si no me hubiera agarrado de la viga, hace rato que habría volado por los aires.»

El repique de las campanas confunde a la lechuza joven, que regresa al campo. Hacia el sur. Siguiendo el Danubio. Vuela hasta la zona de las cascadas, donde están los soldados.

En el sur, la llanura es caliente y no tiene árboles. La tierra quema. La lechuza joven enciende sus ojos entre los escaramujos rojos. Con las alas por encima de la alambrada va deseando alguna muerte.

Los soldados se han tumbado entre los matorrales, bajo el alba gris. Están de maniobras. Con sus manos, sus ojos y sus frentes están en plena guerra.

El oficial grita una orden.

Un soldado ve a la lechuza joven entre la maleza. Apoya el fusil en la hierba. Se levanta. La bala parte. Y da en el blanco.

El muerto es el hijo del sastre. El muerto es Dietmar.

El cura dice: «La lechuza joven ha visitado el Danubio y ha pensado en nuestro pueblo».

Windisch mira su bicicleta. Ha traído la noticia de la bala desde el pueblo hasta el patio de su casa. «Ya estamos otra vez como en la guerra», dice.

La mujer de Windisch arquea las cejas. «No es culpa de la lechuza», dice. «Ha sido un accidente.»

Y arranca una hoja seca del manzano. Mira a Windisch desde la frente hasta los zapatos. Detiene largo rato su mirada en el bolsillo de la chaqueta que está sobre el pecho, allí donde palpita el corazón.

Windisch siente fuego en su boca. «¡Qué corta eres!», le grita. «La inteligencia no te llega ni siquiera de la frente a la boca.» La mujer de Windisch rompe a llorar y estruja la hoja seca.

Windisch siente que el grano de arena le presiona la frente. «Llora por ella», piensa. «No por el muerto. Las mujeres sólo lloran por ellas.»

La cocina de verano

El guardián nocturno está durmiendo en el banco, a la entrada del molino. El sombrero negro vuelve su sueño aterciopelado y profundo. Su frente es una tira pálida. «Seguro que tiene otra vez esa rana de tierra metida en la frente», piensa Windisch. Y en sus mejillas ve el tiempo detenido.

El guardián nocturno habla en sueños. Y contrae las piernas. El perro ladra. El guardián nocturno se despierta. Asustado, se quita el sombrero de la cara. Tiene la frente empapada. «Esa tía me va a matar», dice. Su voz es profunda. Y regresa a su sueño.

«Mi mujer estaba echada sobre la tabla de amasar, desnuda y ovillada», dice el guardián nocturno. «Su cuerpo no era más grande que el de un niño. De la tabla de amasar goteaba un líquido amarillo. El suelo estaba mojado. En torno a la mesa había varias viejas sentadas. Todas vestidas de negro. Y con las trenzas desgreñadas. Llevaban mucho tiempo sin peinarse. La flaca Wilma era tan pequeña como mi mujer. Sostenía un guante negro en la mano. Los pies no le llegaban al suelo. Estaba mirando por la ventana. De pronto se le cayó el guante de la mano. La flaca Wilma miró bajo la silla. Pero ni rastro del guante. El suelo estaba vacío. Lo vio tan por debajo de sus pies que no pudo contener el llanto. Contrajo su cara arrugada y dijo: es una vergüenza que dejen a los muertos tirados en la cocina de verano. Yo le dije que no sabía que tuviéramos una cocina de verano. Mi mujer levantó la cabeza de la tabla de amasar y sonrió. La flaca Wilma se quedó mirándola. "Tú no te preocupes", le dijo a mi mujer. Y luego a mí: "Está chorreando y apesta".»

El guardián nocturno se queda con la boca abierta. Por sus mejillas resbalan varias lágrimas.

Windisch le pone la mano en el hombro. «Te estás volviendo loco», le dice. En el bolsillo de su chaqueta suenan las llaves.

Windisch pega la punta de su zapato a la puerta del molino.

El guardián nocturno mira dentro de su sombrero negro. Windisch empuja la bicicleta hasta el banco. «Ya me van a dar el pasaporte», dice.

La guardia de honor

El policía está en el patio del sastre. Les sirve aguardiente a los oficiales. Les sirve aguardiente a los soldados que han cargado el ataúd hasta la casa. Windisch ve sus hombreras con las estrellas.

El guardián nocturno inclina la cara hacia Windisch. «El policía está feliz de tener compañía», dice.

De pie bajo el ciruelo amarillo, el alcalde suda y examina una hoja de papel. Windisch dice: «No puede leer la letra, porque la maestra ha escrito el discurso fúnebre». «Quiere dos sacos de harina para mañana por la tarde», dice el guardián nocturno. Su voz huele a aguardiente.

El cura entra en el patio, arrastrando su sotana negra por el suelo. Los oficiales cierran la boca al verlo. El policía deja la botella de aguardiente detrás del árbol.

El ataúd es de metal. Está soldado. Brilla en el patio como una gigantesca tabaquera. La guardia de honor saca el ataúd al patio. Con las botas marca el paso al ritmo de la marcha.

La carroza parte, cubierta por una bandera roja.

Los sombreros negros de los hombres avanzan deprisa. Los pañuelos negros de las mujeres los siguen más lentamente. Todas caminan zigzagueando, aferradas a las cuentas negras de sus rosarios. El cochero va a pie, hablando en voz alta.

La guardia de honor se zarandea sobre la carroza. En los baches se aferra a sus fusiles. Está bastante por encima del suelo y del ataúd.

La tumba de la vieja Kroner aún sigue negra y alta. «La tierra no se ha asentado porque no llueve», dice la flaca Wilma. Los macizos de hortensias se han deshojado.

La cartera se instala junto a Windisch. «Qué bonito hubiera sido ver jóvenes en el entierro», dice. «Hace años que no aparece ningún joven cuando alguien se muere en el pueblo.» Sobre su mano cae una lágrima. «Dígale a Amalie que no deje de presentarse el domingo por la mañana», añade.

La mujer que dirige los rezos le canta al cura en la oreja. El incienso le distorsiona la boca. Canta con tanto fervor y obstinación que el blanco de los ojos se le agranda, cubriéndole indolentemente las pupilas. ,

La cartera solloza. Coge a Windisch por el codo. «Y dos sacos de harina», dice.

La campana repica hasta desollarse la lengua. Por encima de las tumbas se eleva una salva de honor. Sobre el metal del ataúd van cayendo pesados terrones.

La mujer que dirige los rezos se detiene junto a la cruz de los héroes. Con el rabillo de sus ojos busca un lugar donde instalarse. Mira a Windisch. Tose. Windisch oye resquebrajarse la flema en su garganta, vacía de tanto cantar.

«Dígale a Amalie que vaya donde el cura el sábado por la tarde», dice, «para que le busque la partida de bautismo en los registros».

La mujer de Windisch termina la oración. Avanza dos pasos. Se planta junto a la cara de la mujer que dirige los rezos. «Supongo que la partida de bautismo no será muy urgente ¿verdad?», pregunta. «Urgentísima», dice la mujer. «El policía le ha dicho al cura que vuestros pasaportes ya están listos en la oficina de pasaportes.»

La mujer de Windisch estruja su pañuelo. «Amalie tiene que traernos un jarrón este sábado», dice. «Y es muy frágil.» «No podrá ir directamente de la estación a ver al cura», añade Windisch.

125

La mujer que dirige los rezos remueve la arena con la punta del zapato. «En ese caso que vuelva primero a su casa y vaya después donde el cura», dice. «Los días aún son largos.»

Los gitanos traen buena suerte

El aparador de la cocina está vacío. La mujer de Windisch da varios portazos. La gitanilla del pueblo vecino está descalza en medio de la cocina, allí donde antes estaba la mesa. Va metiendo las cacerolas en su gran saco. Luego desata su pañuelo y le da veinticinco lei a la mujer de Windisch. «No tengo más», dice. De su trenza cuelga la lengua roja. «Dame otro vestido», dice. «Los gitanos traen buena suerte.»

La mujer de Windisch le da el vestido rojo de Amalie. «Y ahora vete», le dice. La gitanilla señala la tetera. «La tetera también», dice. «Que te traeré suerte.»

La vaquera del pañuelo azul atraviesa el portón empujando una carretilla sobre la que ha acomodado las tablas de la cama. A la espalda lleva atadas las almohadas viejas.

Windisch le muestra el televisor al hombre del sombrerito. Lo enciende. La pantalla zumba.

El hombre saca el televisor y lo pone sobre la mesa del mirador. Windisch coge los billetes de su mano.

Frente a la casa hay un carretón. Un vaquero y una vaquera se paran frente a la mancha blanca donde antes estaba la cama. Miran el armario y el tocador. «El espejo se rompió», dice la mujer de Windisch. La vaquera levanta una silla y examina el asiento desde abajo. El vaquero tamborilea sobre la mesa con los dedos. «La madera está intacta», dice Windisch. «Este tipo de muebles ya no se encuentra hoy en día en las tiendas.»

La habitación queda vacía. El carretón avanza por la calle con el armario. A su lado van las sillas patas arriba. Traquetean como las ruedas. El tocador y la mesa están sobre la hierba, ante la casa. Sentada en la hierba, la vaquera sigue el carretón con la mirada.

La cartera envuelve las cortinas en un periódico. Mira la nevera. «Ya está vendida», le dice la mujer de Windisch. «Esta tarde pasará el tractorista a buscarla.»

Las gallinas tienen las patas atadas y las cabezas en la arena. La flaca Wilma las va metiendo en la cesta de mimbre. «El gallo se había quedado ciego», dice la mujer de Windisch. «Y tuve que matarlo.» La flaca Wilma cuenta los billetes. La mujer de Windisch estira la mano para recibirlos.

El sastre tiene una cinta negra en las puntas del cuello duro. Está enrollando la alfombra. La mujer de Windisch le mira las manos. «Nadie escapa a su destino», dice suspirando.

Amalie contempla el manzano por la ventana. «No sé», dice el sastre. «Él nunca hizo nada malo.»

Amalie siente el llanto en su garganta. Se apoya en el alféizar de la ventana. Asoma la cara. Y oye el disparo.

Windisch habla con el guardián nocturno en el patio. «Ha llegado un nuevo molinero al pueblo», dice el guardián nocturno. «Un valaco con un sombrerito que ha trabajado en molinos de agua.» El guardián nocturno cuelga camisas, chaquetas y pantalones en el portaequipajes de su bicicleta. Luego se mete la mano al bolsillo. «He dicho que te los regalo», dice Windisch. La mujer de Windisch tira de su delantal. «Llévatelos», dice. «Te los da con todo cariño. Aún queda un montón de ropa vieja para los gitanos.» Se lleva la mano a la mejilla. «Los gitanos traen buena suerte», dice.

El redil

El nuevo molinero está en el mirador. «Me envía el alcalde», dice. «Voy a vivir aquí.»

Lleva un sombrerito ladeado en la cabeza. Su zamarra es nueva. Examina la mesa del mirador. «Me puede ser útil», dice. Recorre la casa seguido por Windisch. La mujer de Windisch va detrás de su marido, descalza.

El nuevo molinero mira la puerta del vestíbulo. Acciona el picaporte. Examina las paredes y el techo. Golpea la puerta. «Es vieja», dice. Se apoya contra el marco de la puerta y mira la habitación vacía. «Me dijeron que la casa estaba amueblada», dice. «¿Cómo que amueblada?», pregunta Windisch. «He vendido mis muebles.»

La mujer de Windisch sale del vestíbulo apoyando con fuerza los talones. Windisch siente latir sus sienes.

El nuevo molinero repasa las paredes y el techo. Abre y cierra la ventana. Presiona con la punta del pie las tablas del suelo. «En ese caso telefonearé a mi mujer para que traiga los muebles», dice.

Luego sale al patio. Mira las vallas. Ve los cerdos manchados del vecino. «Tengo diez cerdos y veintiséis ovejas», dice. «¿Dónde está el redil?»

Windisch ve las hojas amarillas sobre la arena. «Aquí nunca hemos tenido ovejas», dice. La mujer de Windisch sale al patio con su escoba. «Los alemanes no tienen ovejas», dice. La escoba cruje sobre la arena.

«El cobertizo puede servir de garaje», dice el molinero. «Me agenciaré unas cuantas tablas y construiré un redil.»

Le estrecha la mano a Windisch. «El molino es bonito», dice.

Al barrer, la mujer de Windisch traza grandes ondas circulares en la arena.

La cruz de plata

Amalie está sentada en el suelo. Las copas de vino se alinean una tras otra según su tamaño. Las copitas de licor centellean. Las flores lechosas en las barrigas de los fruteros se han atiesado. Pegados a la pared hay varios floreros. En una esquina está el jarrón.

Amalie sostiene la cajita con la lágrima en su mano.

Amalie oye en sus sienes la voz del sastre: «Él nunca hizo nada malo». En la frente de Amalie arde un rescoldo.

Amalie siente la boca del policía en su cuello. Huele su aliento aguardentoso. El policía oprime con sus manos las rodillas de Amalie. Le levanta el vestido. «*Ce dulce esti*»*, dice. Su gorra está junto a sus zapatos. Los botones de su chaqueta relucen.

El policía se desabrocha la chaqueta. «Desvístete», dice. Bajo la chaqueta azul hay una cruz de plata. El cura se quita la sotana negra. Levanta un mechón de la mejilla de Amalie. «Límpiate el lápiz de labios», dice. El policía besa el hombro de Amalie. La cruz de plata se le desliza ante la boca. El cura acaricia el muslo de Amalie. «Quítate las enaguas», dice.

Amalie ve el altar a través de la puerta abierta. Entre las rosas hay un teléfono negro. La cruz de plata cuelga entre los senos de Amalie. Las manos del policía le oprimen los senos. «¡Qué manzanas tan bonitas tienes!», dice el cura con la boca húmeda. El pelo de Amalie se derrama por el borde de la cama. Bajo la silla están sus sandalias blancas. El policía susurra: «¡Qué bien hueles!». Las manos del cura son blancas. El vestido rojo brilla a los pies de la cama de hierro. Entre las rosas suena el teléfono negro. «Ahora no tengo tiempo», jadea el policía. Los muslos del cura pesan. «Cruza las piernas sobre mi espalda», le susurra. La cruz de plata le aprieta el hombro a Amalie.

* *¡Qué dulce eres!* En rumano en el original.

El policía tiene la frente húmeda. «Date la vuelta», dice. La sotana negra cuelga de un clavo largo detrás de la puerta. La nariz del cura es fría. «Angelito mío», dice jadeante.

Amalie siente los tacos de las sandalias blancas en el vientre. El rescoldo de la frente arde en sus ojos. La lengua le pesa en la boca. La cruz de plata brilla en el cristal de la ventana. En el manzano cuelga una sombra. Es negra y la han removido. La sombra es una tumba.

Windisch está en la puerta de la habitación. «¿Estás sorda?», pregunta. Le entrega la maleta grande a Amalie, que vuelve la cara hacia la puerta. Tiene las mejillas húmedas. «Ya sé que las despedidas son dolorosas», dice Windisch. Se ve muy alto en la habitación vacía. «Es como estar otra vez en la guerra», dice. «Uno parte y no sabe cómo ni cuándo ni si regresará.»

Amalie vuelve a llenar la lágrima. «El agua del pozo no la humedece mucho», dice. La mujer de Windisch guarda los platos en la maleta. Coge la lágrima en su mano. Tiene los pómulos blandos y los labios húmedos. «Cuesta creer que haya algo semejante», dice.

Windisch siente su voz en la cabeza. Tira su abrigo en la maleta. «Estoy harto de ella», grita, «no quiero verla más». Agacha la cabeza. Y añade en voz muy baja: «Lo único que sabe es deprimir a la gente».

La mujer de Windisch acuña los cubiertos entre los platos. «Sí que lo sabe», dice. Windisch la ve sacarse del pelo un dedo viscoso. Luego mira su propia foto en el pasaporte. Menea la cabeza. «Es un paso muy delicado», dice.

Las copas de Amalie relucen en la maleta. Las manchas blancas crecen en las paredes. El piso es frío. La bombilla arroja rayos largos sobre las maletas.

Windisch se guarda los pasaportes en el bolsillo de su chaqueta. «¿Quién sabe qué será de nosotros?», suspira la mujer de Windisch. Windisch mira los rayos punzantes de la lámpara. Amalie y la mujer de Windisch cierran las maletas.

La permanente

En la valla rechina una bicicleta de madera. Arriba, en el cielo, flota plácidamente una bicicleta de nubes blancas. En torno a ella, las nubes son agua. Grises y vacías como un estanque. En torno al estanque sólo hay un silencio de montañas. De montañas grises, cargadas de nostalgia.

Windisch carga dos maletas grandes. La mujer de Windisch carga dos maletas grandes. Su cabeza avanza a toda prisa. Su cabeza es demasiado pequeña. Las piedras de sus pómulos están encerradas en la oscuridad. La mujer de Windisch se ha cortado la trenza. En sus cabellos cortos luce una permanente. Su nueva dentadura le ha endurecido y reducido la boca. Habla en voz alta.

Del pelo de Amalie se desprende un mechón. Vuela del jardín de la iglesia hasta el boj y regresa a su oreja.

El bache está gris y agrietado. El álamo se yergue como una escoba contra el cielo.

Jesús duerme en la cruz junto a la puerta de la iglesia. Cuando se despierte, será viejo. Y el aire del pueblo será más diáfano que su piel desnuda.

En la puerta del correo, el candado cuelga de la cadena. La llave está en casa de la cartera. La llave abre el candado. Abre el colchón para las entrevistas.

Amalie carga la maleta pesada con las copas. Lleva su bolso en bandolera. En él va la caja con la lágrima. En la otra mano lleva el jarrón con la bailarina.

El pueblo es pequeño. Por las calles laterales se ve caminar gente a lo lejos. Se alejan. En los extremos de las calles laterales, el maizal es una pared negra.

En el zócalo de la estación percibe Windisch los vapores grises del tiempo detenido. Sobre los rieles hay una manta de leche. Les llega hasta los talones. Sobre esa manta hay una piel hialina. El tiempo detenido hila un capullo en torno a las maletas. Y tira de los brazos. Windisch se hunde al avanzar sobre el balasto.

Los peldaños del tren son altos. Windisch despega sus zapatos de la manta de leche.

La mujer de Windisch sacude con su pañuelo el polvo de los asientos. Amalie se coloca el jarrón en las rodillas. Windisch pega la cara a la ventanilla. En la pared del compartimiento hay una foto del Mar Negro. El agua está en calma. La foto se balancea. Viaja con ellos.

«Yo en el avión me mareo», dice Windisch. «Lo sé por la guerra.» La mujer de Windisch se ríe. Su nueva dentadura le castañetea.

El traje le queda ajustado a Windisch. Las mangas tiran de sus manos. «El sastre te lo ha hecho demasiado corto», dice la mujer de Windisch. «Una tela tan cara y total, para nada.»

A medida que el tren avanza, Windisch siente que la frente se le va llenando lentamente de arena. La cabeza le pesa. Sus ojos se sumergen en el sueño. Sus manos tiemblan. Sus piernas, débiles, se contraen en breves espasmos. Windisch ve una llanura de matorrales herrumbrosos por la ventanilla. «Desde que la lechuza se llevó al hijo del sastre, el hombre no da pie con bola», dice. La mujer de Windisch tiene la barbilla apoyada en una mano.

La cabeza de Amalie le cuelga sobre el hombro. El pelo le tapa las mejillas. Se ha dormido. «Hace bien en dormir», dice la mujer de Windisch.

«Desde que me corté la trenza, no sé cómo tener la cabeza.» Su nuevo vestido con cuello de encaje blanco tiene reflejos verde agua.

El tren resuena como una matraca sobre el puente de hierro. El mar se balancea en la pared del compartimiento, por encima del río. El río tiene poca agua y mucha arena.

Windisch sigue el vuelo de los pajarillos con la mirada. Vuelan en bandadas dispersas. Buscan bosques en la llanura, donde sólo hay matorrales, agua y arena.

El tren avanza ahora lentamente porque los rieles se confunden, porque empieza la ciudad. A la entrada hay cerros de chatarra. Y casas pequeñas con jardines cubiertos de malezas. Windisch ve muchos rieles que se van entrelazando. Entre el caos de vías ve trenes desconocidos.

Sobre el vestido verde cuelga una cruz de oro en una cadenilla. Mucho verde hay en torno a esa cruz.

La mujer de Windisch mueve el brazo. La cruz oscila en la cadenilla. El tren rueda deprisa. Ha encontrado una vía libre entre los trenes desconocidos.

La mujer de Windisch se levanta. Su mirada es firme y segura. Ve la estación. Bajo su permanente, en el interior de su cráneo, se ha organizado ya un nuevo mundo al que se dirige cargando sus enormes maletas. Sus labios son como cenizas frías. «Si Dios quiere, el verano próximo vendremos de visita», dice.

La acera está agrietada. Los charcos se han bebido el agua. Windisch cierra el coche con llave. Sobre el coche brilla un círculo plateado que encierra tres varillas similares a tres dedos. Sobre el capó hay varias moscas muertas. Una cagarruta de pájaro se ha pegado al parabrisas. Detrás, sobre el maletero, se lee la palabra: Diesel. Un coche de caballos pasa traqueteando. Los caballos son huesudos. El coche es de polvo. El cochero es desconocido. Sus orejas son grandes bajo el sombrerito.

Windisch y su mujer caminan en un mismo rollo de tela. Él lleva un traje gris. Ella, un vestido gris de la misma tela.

La mujer de Windisch luce zapatos negros de tacón alto.

Al llegar al bache, Windisch siente las grietas bajo su zapato. En las pantorrillas pálidas de su mujer se diluyen venas azules.

La mujer de Windisch mira los tejados rojos y oblicuos. «Es como si nunca hubiéramos vivido aquí», dice. Lo dice como si esos tejados oblicuos fueran guijarros rojos bajo sus zapatos. Un árbol le lanza su sombra a la cara. Los pómulos son de piedra. La sombra regresa al árbol, dejándole unas cuantas arrugas en la barbilla. Su cruz de oro relumbra. El sol la captura. El sol mantiene su llama sobre la cruz.

Junto al cerco de boj está la cartera. Su bolso de charol tiene una grieta. La cartera acerca las mejillas para que la besen. La mujer de Windisch le da una tableta de chocolate Ritter-Sport. El papel azul cielo es brillante. La cartera pone sus dedos sobre el borde dorado.

La mujer de Windisch mueve las piedras de sus pómulos. El guardián nocturno se acerca a Windisch. Se quita el sombrero negro. Windisch ve su camisa y su chaqueta. El viento deja una mancha de sombra sobre la barbilla de la mujer de Windisch, que gira la cabeza. La sombra se traslada a la chaquetilla del vestido. La mujer de Windisch lleva esa mancha como un corazón muerto junto al cuello de su chaquetilla.

«Ya tengo mujer», dice el guardián nocturno. «Trabaja como vaquera en los establos del valle.»

La mujer de Windisch ve a la vaquera del pañuelo azul de pie junto a la bicicleta de Windisch,

138

frente a la hostería. «La conozco», dice la mujer de Windisch, «nos compró la cama».

La vaquera mira hacia la plaza de la iglesia, al otro lado de la calle. Está comiendo una manzana y espera.

«Supongo que ahora no querrás emigrar», pregunta Windisch. El guardián nocturno estruja su sombrero en la mano. Mira hacia la hostería. «De aquí no me muevo», dice.

Windisch ve una raya de mugre en su camisa. En el cuello del guardián nocturno palpita una vena sobre el tiempo detenido. «Mi mujer me está esperando», dice. Y señala la hostería.

El sastre se quita el sombrero ante el monumento a los caídos. Al caminar se mira la punta de los zapatos. Se detiene ante la puerta de la iglesia, junto a la flaca Wilma.

El guardián nocturno acerca su boca a la oreja de Windisch. «Hay una lechuza joven en el pueblo», dice. «Ya sabe adónde ir. La flaca Wilma cayó enferma por culpa de ella.» El guardián nocturno sonríe. «Pero la flaca Wilma es muy lista», añade. «Y ahuyentó a la lechuza.» Mira hacia la hostería. «Me voy», dice.

Ante la frente del sastre revolotea una mariposa de la col. Las mejillas del sastre son pálidas. Parecen una cortina bajo sus ojos.

La mariposa de la col vuela a través de una de las mejillas del sastre, que agacha la cabeza. La mariposa de la col vuelve a salir por la nuca del sastre, blanca e intacta. La flaca Wilma agita su pañuelo. La mariposa de la col penetra en su cabeza a través de las sienes.

El guardián nocturno camina bajo los árboles. Va empujando la bicicleta vieja de Windisch. El círculo plateado del coche tintinea en el bolsillo de la chaqueta. La vaquera camina descalza por la hierba, siguiendo la bicicleta. El pañuelo azul es una mancha de agua sobre su cabeza. En ella flotan las hojas.

La mujer que dirige los rezos entra a paso lento en la iglesia llevando un grueso misal en la mano. Es el libro de san Antonio.

La campana de la iglesia repica. La mujer de Windisch se detiene en el umbral de la iglesia. En el aire oscuro, el sonido del órgano zumba a través del pelo de Windisch, que avanza junto a su mujer por el pasillo vacío entre los bancos. Los tacones de su mujer resuenan sobre la piedra. Windisch dobla sus manos juntas. Queda colgado de la cruz de oro de su mujer. Sobre su mejilla cuelga una lágrima de vidrio.

Los ojos de la flaca Wilma siguen a Windisch. La flaca Wilma inclina la cabeza. «Se ha puesto un traje de la Wehrmacht», le dice al sastre. «Van a comulgar sin haberse confesado.»